Sarah Kuratle

CHIMÄRE

Roman

Für Joshua

1

Ich ging im Fluss meine Hände waschen. Immer, sagte er. Einmal sei er hineingefallen, im Fluss, über den See bis zur Insel getrieben. Mehr als 700 Kilometer weit. *Es grauste mich daheim, es war voller Dreck.* Mehrmals täglich sei er zum Fluss gegangen, das letzte Mal vorm Schlafen mitten in der Nacht. *Die Nächte der Stadt musst du suchen, keine kommt von selbst.* Wenn es regnete, habe er versucht, seine Mutter nach draußen zu ziehen. Wenn ihre Haare fettig glänzten. *Nass oder nachts sehen Haare gewaschen aus.* Sein Freund Alois, der ihm gegenübersaß, schüttelte den Kopf, *das mit dem Fluss glaube ich dir nicht. Wie bist du auf die Insel gekommen,* er wollte mehr wissen. *Im Fluss, natürlich im Fluss,* wehrte Gregor ab.

Es wird Abend, ist schon Nacht, dunkel, als Gregor über Stufen aus dem Kolleg hinabsteigt, dann hinauf durch die hängenden Gärten in schwere Luft. Blind findet er sich zurecht, kennt die Pflanzen, die Wege dazwischen inwendig, auswendig sowieso. Mit bloßen Händen tastet er Beete ab, spürt, *sind sie zu feucht, zu trocken, ist die Erde warm,* wie seine Stirn. Ob es mehr braucht. Manchmal taucht Gregor seinen Arm bis zum Ellbogen in die Erde oder in die Bewässerungskanäle, ins Wasser aus dem See.

Ruhe findet er nicht. *Ein letztes Mal schaue ich nach,* sagt er sich. Während die anderen, glaubt er, schlafen, geht er die Gärten ab, gießt, wo nötig, Wasser nach. Am Nachthemd reibt er seine erdigen Hände trocken, sauber, schläft im Bett unter der Decke später nackt. Die Gräser, Stauden, Bäume hat Gregor über die Jahre vermessen, sie auf Papier gezeichnet. Alois übermalte seine Zeichnungen. *Pass auf, du übermalst die Enden,* wo sie aufhören, *danach, dazwischen ist Luft, nicht viel mehr,* sagte er. Alois antwortete, *diese Enden gibt es nicht, das weißt du selbst. Im Ganzen sind die Gärten eine Pflanze. Selbst die Welt*, aber was wisse er schon von der Welt, *auf einer Insel.*

Finger schließen sich um seine Handgelenke, kreisen auf den Spitzen über seine Handflächen. *Wer bist du,* flüstert Gregor. Leiser hört er von den Nachtkerzengewächsen her die Stimme, *du könntest mich vermessen, wie du auch die Pflanzen vermisst.* Die Nacht sei zu dunkel, er trage kein Maßband bei sich. *Das glaube ich dir nicht, wie ist meine Haut, ihre Farbe.* Er sehe wenig, *ich weiß nicht, jetzt ist sie grau, wie meine auch.* Zuerst vermisst er die Hände unterm Strauch, wie lang die Finger, wie breit das Handgelenk. Dann die Arme, die Schultern. *Auch die Brust,* sie ist nackt, *bring mir Kleider nächste Nacht, ein langes Hemd. Sonst friere ich.*

Der Schnee überrascht sie. Auf der Insel war es längst Frühling, grün, grau, als sie im Stillen aufbrach. Sie dachte, *das ist am Festland gleich, grün oder grau.* Dabei ist es weiß, selbst bei Nacht, selbst der See scheint an den Ufern gefroren, bläulich weiß. Alice ist überrascht, wie kalt ihre Füße jeden Abend sind. Über Tag vergisst sie sie beim Gehen, spürt in der rauen Luft bloß Nase und Wangen zwischen Stirnband und Schal. Sie würde Gregor jetzt zustimmen, *der Wind ist ein Graus,* ihn nicht erinnern, *wo kämen die Samen hin ohne Wind, was würde aus den Gärten, der Welt.* Solche Sätze brachten sie auf der Insel ins Stocken, auch früher, da war ihre Welt eine Wohnung.

Alice bückt sich, studiert, wie sich Tierspuren verschiedener Art im Schnee kreuzen. Wie die Arten aneinanderhängen, zusammenleben, wie es anders nicht geht. *Die Spuren werden weniger,* hört sie ihre alten Lehrer sagen, das Bild werde eintönig, weniger gemustert. *Unter der Erde ist es gleich,* sagte Gregor, ein Ohr am Boden der Gärten, *es ist still, früher hörte ich Musik.* Sie zwickte ihn in den Arm, *du bist mit deinen Ohren woanders.*

Für die Nächte am See vor der Flussmündung gibt es Holzhütten über Eis und Wasser. Sie sind verlassen, niemals leer. Schmale Stege führen zu den Türen, die meist einen Spalt offen stehen. Kalt ist es drinnen wie draußen, die Fenster sitzen locker. Durch Ritzen im Fußboden streckt Alice ihre Finger ins Freie. Zuerst sucht sie warme Socken, dann letzte Vorräte, *Kirschmarmelade.* Sie kratzt die Schimmelkruste ab, grün und grau, taucht einen Löffel, den sie findet, tief ins kirschrote Glas. *Louise,* sagt sie dann. Sie versucht sich zu erinnern, ob Kirschen in der Wohnung. Ob ihre Arme bis zum Baum im Innenhof reichten, *war es überhaupt ein Kirschbaum. Wie hoch wird so ein Baum,* Gregor wüsste es. Alice spricht zu sich selbst, spricht anders als auf der Insel. Seit der Fahrt über den See klingt ihre Stimme verstellt, *vielleicht spricht Louise so ähnlich.* Alice erinnert sich nicht, an die Marmelade schon, an Louise' Stimme nicht. Sie setzt sich vors größte Fenster. Schnee fällt als löchriger Vorhang hinterm Glas, versperrt mit der staubigen Stehlampe den Ausblick vom Fensterbrett. Es sind Flocken in der Luft. Dazu Punkte wie Striche am Glas, *sind das Sternbilder,* fragt sie sich. Gezeichnet aufs heiße Glas, in einem Sommer, mit weißer Kreide. So verhangen wie in dieser Nacht, zeigt der Himmel nicht, ob das alte Fenster, seine Zeichnung, mit den Gestirnen im Himmel sich deckt. *Wann hört es auf,* der Schnee ist im Weg, für die Augen, auch für die Füße, die Stirn.

Bei den Nachtkerzen gibt es die Zwischenzeit. Nach den Falkenmotten, vor den Bienen. Diese Zeit dazwischen gehört dem Perlmuttfalter. Noch steif, fast starr von der Kälte klettert er über Blätter am Stängel zu den Blüten. Im Licht werden seine Flügel warm, beweglich. Er faltet sie auf und fliegt ab. Gregor kommt vor den Bienen, erspäht eine letzte Motte, verschüttet Tee. Ohne dass ein Tropfen, trug Alois früher die Kanne auf dem Kopf. Er kam morgens zu Gregor in die Gärten, nach den Motten. Sie tranken Tee, wärmten sich Hände und Füße.

Den großen Rest gießt Gregor zu den Nachtkerzen. Zwei Schalen Tee sind zu viel. Das fand Alois auch, *ich gebe dir meine,* oder, *du nimmst meine Schale, wir teilen.* Ein Stück weiter weg legt Gregor das gefaltete Hemd ab. Es passt genau, wäre weit und lang. Aus Alois' Kasten nahm er es vom Stapel, wo es nicht fehlt. Die Nacht über hatte Gregor steif und starr gewartet. Am Morgen strich er über das Maßband, spürte die Knicke, *an den Stellen waren sie, die Finger.* Grau, verfroren waren sie nicht. Stunden hatte er wach gelegen, sich nicht getraut, früher nachzuschauen. Im Garten, bei den Nachtkerzen, nicht vorm nächsten Tag, *nächste Nacht,* es hieß, *sonst friere ich.* Als er von den Knicken die Maße ableitete, dachte er, Handschuhe wären auch gut auf der Insel.

Eigentlich ist Gregor kein Lehrer am Kolleg. Aber er führt durch die Gärten. Als die Schüler kommen, einige lachen, merkt er, dass die Hose an seinem linken Bein wieder hochgerutscht ist. Sie lachen über die Haare an seinen Knöcheln, Beinen, rot, *wie ein Fuchs,* hört er. Mit Wissenssätzen versucht Gregor, sich vor den Schülern wieder aufzurichten. *Über biochemische Stoffe reagieren Pflanzen auf ihre Umwelt.* Das Summen von Bienen, von Motten lasse zum Beispiel die Nachtkerzen den Zucker im Blut erhöhen. *Im Nektar,* verbessert ihn ein Schüler. Ein paar Schritte, den Hosensaum knapp unterm Knie, *dieser Zitronenbaum,* eine Eidechse darauf, *mischt Nikotin bei,* das mache die Hummeln süchtig. Später zündet sich Gregor eine Zigarette an. Die Schüler lässt er vermessen, einzelne Blätter, Blüten für ihre Herbarien abschneiden. Die Wurzeln sind unersetzlich. Eigentlich war es anders geplant, *sucht euch, jeder für sich, eine Pflanze aus.* Die Sätze hatte er eingeübt, *schaut, wie sie gewachsen ist, sich ausbreitet im Raum. Wo sie ihre Farben ändert, ihr Äußeres.* Zum Äußeren aber gehören Härchen, bei einigen Nachtkerzen rot. *Bückt euch, dann seht ihr sie besser,* wollte er sagen. *Eine Pflanze ist mehr als ihre Art.* Von den Pflanzen wollte er nur in der Einzahl sprechen.

Es hört sich an, als ob Fische, als wäre Alice eingeschlafen im Wasser. Der Holzboden und seine Spalten ließen es zu, dass von unten Wasser, ein Fisch, vielleicht eine Schlange. *Aber der See ist gefroren,* sagt sie sich laut. Aufgewacht von ihrem eigenen Husten, klopft sie auf Holz und Eis, zwischen Hütte und See, auf ihre Brust. Bis es aufhört, das Träumen, das Husten, *ich bin allein, die Fische schwimmen ohne mich.* Anders kennt sie es nicht. Vögel flogen, Alice schaute vom Fensterbrett in der Wohnung lange Tage in den Innenhof. Auf der Insel war sie freier, die Vögel aber flogen weiter. *Es gibt mehr,* das wusste sie, versteckt in der Wohnung. *Es zieht mich weg,* flüsterte sie Jahre älter in den Gärten. *Das sagst du nur,* sagte Gregor, meinte, es war ihr nicht ernst mit dem Schwimmen, dem Alleinsein. Tage, eigentlich Jahre saß sie fest, *ich bin Alice,* das war sie meistens bloß für sich.

Seit sie weiß, hieß es, in den Zimmern des Kollegdirektors tropfe es von der Decke. Tief unter den Gärten der Insel liegen diese Zimmer rund einen Meter über Wasser. Starker Regen, hoher Wellengang spüle Muscheln zu ihm ins Haus, und Schnecken. Fenster zu schließen, verschlafe er meistens, auch den Regen im Wind, die Wellen. Manchmal wache er auf und zeichne, male ein paar Tiere, die im Trockenen überleben. Andere neue Bilder von ihm seien der Rede nicht länger wert. Die Wände mit Schimmel, sei der Direktor alt geworden, niemand sieht ihn mehr oder weiß, wie er aussieht. Aus dem Haus gehe er aus dem Fenster, tauche dort auf, wo sein Gesicht verschwimmt oder gleich verschwunden ist. *Ich glaube, ich kenne ihn,* erzählte sie Gregor, *er war da, als ich auf die Insel kam.* Sie glaubt, *er gab mir eine Kartonschachtel mit Stiften,* hatte freundlich genickt, als sie malte. *Du darfst die Stifte behalten.*

Ihre Schuhe drücken sie vorne, an den Seiten, hinten an den Fersen am meisten. Die Socken sind zu dick, aber warm. Alice möchte sie ausziehen, gleichzeitig verwachsen mit der Wolle, dem Leder, bis es taut. Dann wäre sie beides endlich los, die Schuhe und die Socken. Vom Speck an der Decke schneidet sie einige Stücke ab, spuckt sie zurück in die Hände. Das geht nicht, sie muss genug essen, das hat sie mit sich ausgemacht. Als sie ihren Mantel nicht vom Haken kriegt, verbeißt sich Alice eine Träne, verwischt eine zweite, zwickt sich in die Wangen.

Den Mantel lässt sie hängen, steigt durchs Fenster aufs Eis. Sie will, wenn sie nicht einbricht, zu diesem Baum im See, zur Hälfte in der Luft. Halb Wasser, halb Wind, *eine Chimäre,* das will sie auch sein. Wenn sie auftaucht, ein Vogel. Absinkt, ein Fisch.

Vom Wind im Wasser zittern gliederlose Kaulquappen zwischen seinen Zehen. Wenn Gregor seine Hände wäscht, seine Füße, dann gehören sie eine Zeit lang wieder ihm. Für sich allein sagt er es auf, *meine Hände*. Sie waren es nicht, als er zu klein, sich zu wehren, mit Händen, mit Füßen, *meine Füße*. Er wiederholt sich. Im See am Ufer der Insel wäscht er den Dreck ab. Jahre Kindheit, Jugend, der Fluss war nicht lang genug. Den Rest dieses Körpers bedeckt er mit Kleidern, nachts mit einer Decke. Als wäre weiße Wolle ein Schutz, oder ein weißes Blatt, *der Junge war ein anderer*. Gregor ist der See näher als seine Mutter. Wäre der See ein Meer, er könnte sie vergessen, wie sie traurig war, aus Flaschen trank, ihn warten ließ. Es täte nicht mehr weh, es wäre, glaubt er, um sie beide weniger Schuld. Der See ist zu klein. Schwimmen, ist er sich sicher, hat er mühelos verlernt.

Gregor wandle wie ein Chamäleon, sagte Alois, *meist langsam, zögerlich*. Von grün bis rot in den Gärten verändere er sich mit seinen Umgebungen. *Wo bist du, Gregor,* da war er schon auf dem Baum, im Teich, in der Erde. Bei den Pflanzenvisiten in den Gewächshäusern trifft er früh morgens oft Lehrer mit Schülern an. Sie reden von Krankheit, Wachstum, Vermehrung. Nachts ist Gregor ohne Dritte mit den Pflanzen allein. Er hat ein Messer eingesteckt, das Skalpell, eine Schere. Vom Café-Marron-Kraut, dem letzten seiner Art, trennt er Zweige ab, setzt sie in die Erde ein. Es wird dauern, bis Wurzeln, Blätter, erste Blüten, dunkelgrün und weiß. Wer weiß, eine zweite, vierte Pflanze, ein Vielfaches. Zu Staubblättern mit Pollen braucht es einen Stempel, die Fruchtbarkeit. Sonst stirbt das Kraut vom Berg

Marron am Leben aus. Von selbst, allein pflanzt es sich nicht weiter fort.

In den Gärten verteilt er das Café-Marron-Kraut wie in einer Landschaft, einer Wildnis, die es für diese Pflanze, eine andere Vielfalt im Freien nicht mehr gibt. Einen letzten Zweig im Topf trägt er unterm Arm, in seinen Ärmel aus Wolle gewickelt, ins Haus.

Als er hinter sich die Tür seines Zimmers, spürt er Gegendruck. *Ich schlafe nicht mehr gut.* Ohne Knicke im Maßband, das Hemd, er hätte geglaubt, *du bist weg, nicht echt.* Das hier sei eine Insel der Pflanzen, das Kolleg ein Ort nur für Männer eigentlich. Den Topf mit dem Setzling stellt Gregor ab. Die Frau streicht über Alois' langes, weites Hemd an ihrem Körper, *ich gehöre nicht dazu,* das sei sie gewohnt. *Aber ich habe das Recht auf ein Bett, das Recht zu lernen.* Sie bezahle dafür, zieht aus ihren Haaren ein Säckchen, *Samen, jeder anders. Samen sammle ich, seit ich von dieser Insel weiß.* Gregors Hände am Lichtschalter, hält sie ihn ab, *lass es dunkel, ich muss schlafen.* Sie gähnt, *schau sie dir morgen an.*

Zu Fäusten geballt steckt Schnee an den Ästen, an ihren Beinen löst Alice langsam ihre Hände zum Klettern. Verfroren, wütend, dass der Schnee sich festsetzt im Nacken ohne Mantelkragen. Weil es schneit, bewegt sich der Himmel, mit ihm das Eis unter ihren Füßen, *oder ich bilde es mir ein*. Es spielt keine Rolle, ob sie im See noch stehen, schwimmen könnte sie nicht. Sie ist weggelaufen, niemand wartet auf sie. Um den Baumstamm sind Algen gewachsen wie zu einem Sockel, unter Wasser und Eis. In der Luft sind die Äste abgestorben, brüchig wie alte Knochen. Von diesen halb zersetzten, halb erhaltenen Fichten im See hatte Alice in verschiedenen Büchern gelesen. Es sind Relikte eines Waldes, einer Flut.

Jemand pfeift sie zurück, *oder war es eingebildet*. Alice lauscht dem Wind die Schreie der Vögel ab. Das Pfeifen war anders, *das war kein Vogel,* sie schluckt, klettert zurück durchs Fenster, statt auf den Baum. Zuerst mit der Zunge, dann mit Fingerspitzen wandert Alice über ihre Oberlippe, dann zu ihren Wangen, dem Kinn. Eingefroren verästeln sich die feinen Haare in ihrem Gesicht. Sie wischt den Eisbart weg. Auf der Insel wäre ein Bart gut, hier ist sie allein, *und Alice*. Das heißt, sie weiß nicht, was das heißt. In denselben Kleidern steht sie da, fragt sich, wie anders sich bewegen. Sie durchsucht die Hütte nach Knöpfen, Nadeln. Wo es weit und lang, steckt sie das Leinen an ihrem Körper fest. Den Schultern, Brüsten, ihrer Hüfte macht sie den Stoff sich selbst ähnlich, dem Wasser, einem See in Wellen. Mit ihrer linken Hand fährt sie über die Hose, das Hemd, die bunten Knöpfe wie ein Widerstand zwischen ihren Fingern, ein Spiel. Ihre rechte Hand kriecht unterm Stoff zwischen die Beine, findet keinen Platz mehr für eine Faust. Als Alice sie zurückzieht, ist Blut an den Knöcheln, nicht von den Nadeln, von ihr selbst. Monate hatte Alice keine Ahnung. Sie nahm die Blutungen hin, *vielleicht bin ich krank,* unternahm nichts dagegen. Als spielte es keine Rolle. Ein Lehrbuch klärte sie auf, sie hatte ihre Periode bekommen. Nicht erleichtert, wütend war Alice an dem Tag. *Mach dich den Jungen ähnlich,* hatte Louise gesagt. Nicht, dass Alice Jahre älter als Frau bluten würde. Nicht, *es tut mir leid, dass ich dich wegbringe,* zurücklasse. Nicht, warum.

Einen Abschied hätte Gregor verdient, und sie auch. Es war keine Zeit, es passten die Worte nicht. Alice war nicht besser als Louise. Sie packte zusammen, lief weg. Wer auf sie warten würde, ist auf der Insel geblieben. Ihren Mantel schneidet Alice vom Haken, denkt an das Pfeifen, *es war echt.*

Der Spalt im Felsen war früher ein kühles Loch. Gregors Gesicht glüht. Es ändert nichts, wenn er sich bückt, den Kopf hineinstreckt. Vom Felsen zieht er seine Hände zurück, legt seine Finger über Augen, Wangen, Mund. Als würde er eine Maske tragen, als könnte sein Kopf verschwinden. Sein Gesicht löste sich in kühle Luft auf. Über den Wolken war sein Ausweg, als Kind und Junge. Er hatte wie ein Wollknäuel um Brust und Rücken. Beim Gehen, Schweben setzte er seine Füße übers Kreuz. Die Beine, ein Knoten. Über den Wolken eingewickelt war er nicht im Körper auf der Erde. Das war nicht er. *Bitte verzeih mir,* sagt Professor Xander plötzlich hinter ihm, er ist ihm gefolgt, *du warst zu jung.* In der Stadt war er jünger, dieser Junge. Gregor dreht sich um, *Sie verwechseln mich. Hören Sie auf, mir nachzugehen.*

Über den Gärten, Mauern, den Dächern des Kollegs keine Wolken, läuft Gregor dieses Mal weg. Nicht zum Fluss, sondern zum See, wohin ihm der Lehrer nicht folgt. Er wäscht seine Füße, seine Hände, den Stoff. Auf einen flachen Kieselstein schüttet er drei, fünf, sieben Samen aus dem Säckchen. In der Nacht sagte die Frau, *die Pflanzen sind vielleicht verloren ohne diesen Ort.* Am Morgen war sie weg. Sie kommt und geht, das kennt er von Alois, der am Ende ganz von der Insel wegging.

Unter Wasser nagen Kaulquappen an den Steinen mit Algen. Als Frösche vergraben sie sich im Seegrund. *Auch ein Ausweg,* murmelt Gregor. An seinen rauen Fingern spürt er die Samen, ihre Pinsel, Besen, die Flügel. Statt in den Wind, wird er einen Samen jeder Art einsetzen. In Töpfe, in warmer Erde. Der Rest wird zeitlos alt im wachsenden Archiv der Saaten. Dem Samen nach erkennen die Professoren vielleicht die eine oder andere Pflanze. Alois könnte, wäre er geblieben, ihre Farben nachahmen. Mit Mennige, für orange. Zinnober, rot. Azurit blau. Malachitgrün.

Als Gregor im Gewächshaus die Samen abzeichnet, verkrampfen sich seine Finger um den harten Bleistift. Die Lider zucken in zu wenig Licht. *Ich heiße Tera,* die Frau steht hinter ihm, klopft am Rücken wie an einer Tür, *Tera haben sie mich gerufen.* Sie vereinbaren das Nötigste. Sie hält Abstand, solange er sie durch die Gewächshauser führt, *auch im Zimmer,* im Bett. Und Gregor, *du drehst dich nicht nach mir um, du lässt mich im Schatten, verstehst du das.* Über seine Schultern sehe sie gut genug, *ich bin größer als du.* Wo habe sie die Samen her. *Brachland, dann machten es Maschinen nützlich.*

2

Gregor

Auf der Insel im Frühling ändern sich Pflanzenumrisse so stark wie das ganze Jahr nicht. Sommer, im Herbst, nicht im Winter ist diese Unruhe um die Ränder im Raum, der Wind, dieses Wachsen. *Wo setze ich den Stift an,* fragt Tera, die Blattränder verflüchtigen sich. Er lässt sie die Ginkgoblätter abpausen. *Aber das will ich nicht festhalten,* wehrt sie ab. Harte Umrisse seien Gregors Illusion, im Winter am ehesten echt. Sie redet wie Alois, der sagte, *es gibt die Enden nicht.* Gregors Mutter, *träum die Geschichte weiter.* Bis zum fraglosen Ende von Geschichten, Büchern aber gab er keine Ruhe. *Wie geht es aus,* oder, *was passiert dann,* und, *was dann.* Nichts mehr. Letzte Antworten, gut oder schlecht, und er konnte einschlafen.

Streng dich an, Tera. Er hört sie seufzen, schaut auf den Boden. Als Schüler, seither zeichnete er selbst die hängenden Gärten nach. *Du bist zu genau, darin ungenau,* sagte Professor Anila, *du zeichnest nur, was du siehst.* Blätter seien bei Gregor einsam, verloren im Raum. *Du vergisst die Gerüche, den Geschmack, den innigen Kontakt.* Verzerrt, nicht verkappt sei das Leben der Pflanzen. Gregor brach den Zeichenunterricht ab. Von Alois übermalt, scheinbar willkürlich, lagern einzelne seiner Zeichnungen im Archiv der Saaten. Diese Bilder auf Reserve in engen Gläsern sind überlebenswichtig. *Bei einigen Samen,* sagt er zu Tera, *schaut keine Pflanze heraus. Oder die Pflanze ist unfruchtbar.* Für eine solche Art brauche es als letzte Antwort die Bilder. Sie schüttelt den Kopf, *was hat es mit diesem Archiv auf sich.* Erklären könne er das auch nicht. *Aber,* lenkt er ab, *zieh die Ränder gut nach.*

Während sie weiterzeichnet, ohne Licht im Zimmer, vorm Fenster, vor dem Ginkgo im Garten, macht er die

Abendvisite. In den Töpfen mit Setzlingen vom Café-Marron-Kraut tut sich wenig, Erde und Staub. *Ein wenig Wasser, Licht,* er stellt die Töpfe um, gießt nach. Unwillkürlich paust er einzelne Kakteen ab. Die Mine im Bleistift bricht. Alois ist weg, also lässt Gregor das Weiterzeichnen bleiben. Am Ufer, wo ein Boot weniger, geht er sich die Hände waschen im See. Das kalte Wasser, sein Brechen an den Beinen spürt er bis ins Haus an der Haut. Als er eintritt, ist es dunkel im Zimmer. Tera liegt im Bett, *ich bin wach.* Draußen die Sonne als breites Rad im Himmel. *Die Sonne zerfällt, sie hat ein Loch,* sagt sie, *nicht lange und sie ist auf der Erde unter uns.* In den Kleidern fällt er neben ihr aufs Bett. *Es würde brennend heiß, das wäre kein gutes Ende,* murmelt er. Die Bettdecke überlässt er ihr im Dunkeln.

Ihre Hände riechen nach Salbei, der Tee schmeckt bitter allein. Im Dunkeln aufgebrochen, sieht Alice den See an den Ufern als Wasser. Das Eis als letzten Rest, endlich. Im Winter bis in den Grund zugefroren, sind die Strände jetzt von Muscheln übersät. Schalen brechen unter ihren Sohlen, Krähen picken das Fleisch. Größere Steine, an den Scheiteln über Wasser, gespickt mit Schneckenhäusern. Beharrlich löst sie ein Haus von einem Stein, es ist leer, bis auf Schlick, feinen Sand. Die Schneckenzeichnung wie ein Strudel aus Wasser oder Wind verweist ins Unendliche. Weiter als zum Ende der Linie kommt sie mit Zeigefinger, Augen aber nicht. Darum malte Alice manchmal blind. Gregor konnte es nicht mitansehen. *Dann mach halt auch die Augen zu,* sonst komme er nicht vom Fleck. Das versuche er gar nicht. *Ich aber schon, Gregor.*

Auf der Insel fieberte Alice den Frühlingen am See entgegen. Im Jahreskreis sind es die Monate des Überflusses. Mehr Wasser, Bewegung als davor, danach. Sie tauschten Woll- gegen Leinenkleider, und Alice wäre am liebsten nackt in den See abgetaucht. Im Wasser könnte sie sich anders, wie sie es nicht durfte, bewegen, stellte sie sich vor. In den Wellen keine Schwerkraft, würde ihr Kopf schweben. Die Gedanken wären leicht, hell, verspielt. Ohne Wolle, ohne Leinen nähme sie die Welt auf Arm und Schulter, vielleicht auch sich selbst etwas leichter. *Bring mir bitte bei zu schwimmen,* bat sie Gregor. *Ich habe es verlernt,* seine Antwort. Sein Blick auf den Boden geheftet, ließ sie ihn in Ruhe.

Mit dem Aufstieg zum Damm wendet sie sich dem Fluss, dreht dem See den Rücken zu. Kein Ende, nicht einmal eine Kurve ist absehbar. Regelmäßige Vogelspuren im Sand führen in die Luft. Blau leuchtet der Himmel in einer Abfolge von Pfützen. Ihr eigenes Spiegelbild läuft Alice davon. Aus dem Wasser hebt sie eine Eisscherbe, darin ein Muster aus Linien, vors Gesicht. Sie späht in die Umwelt, nimmt sie wahr wie zerschnitten oder auch verbunden. Ihre Finger kalt, schmilzt das Eis fast gar nicht mehr. Sie stockt, ein dunkler Fleck. Legt die Scherbe ab, sieht vor ihr die große Gestalt auf dem Damm weiter verschwommen. Ohne zu zögern, beginnt sie zu laufen.

Lange braucht sie, bis sie aufholt. Sie wundert sich, dass keine Schuhspuren, als wären nur Vögel auf dem Weg. *Bleib stehen,* ruft Alice, fragt, *warum bist du nicht stehen geblieben,* als sie ihn eingeholt hat. Seine Haare weiß, seine Haut in Falten, gibt der Mann zur Antwort, *ich dachte, ich bin allein mit den Vögeln.*

Zu Beginn leises, dann wildes, lautes Klopfen der Flügel. An den Fenstern hingen an Bambusstäben verpuppt Raupen in der Zimmerluft. Ähnlich Edelsteinen, von Smaragd, Opal bis Amethyst. An den Fingern rau, und weich. *Passt auf,* hörte Gregor durchs ganze Haus, als er vor Wochen die Puppen aus den Gewächshäusern ins Zimmer, sagte zu sich selbst, *gib Acht.* Mit den Schmetterlingen, ihrem Klopfen beginnt jährlich im Frühling ein Fest. *Lasst sie fliegen.* Zu sich selbst, *gib sie frei,* als er das Fenster aufklappt, mit offenen Armen, einem Flügelschlag sind die Falter draußen. Tief überm Boden früher Nebel. Die Bäume sind höher, sie schweben. Nach Winter, dem Schnee richten sich die Zweige auf. Aus den Wollkleidern schlüpft Gregor ein halbes Jahr müder in das Leinengewand. Ein zweites Leinenhemd, dazu eine Hose aus Alois' Kasten legt er für Tera aufs Bett. Aus einem Wasserglas am Fensterbrett führt er Pinsel an den Bambusstab ohne Puppen. Aus einer Feuerschale zieht er Kohlestücke auf den Steinboden. Mit Regen, Glut schreiben sich die Namen von Toten, den Verlorenen. Ein Wasserschwall, eine Stunde Sonne, und sie verlieren sich wieder in der Erde, in der Luft.

Das zweite Klopfen, jetzt an den Holzböden, läutet das Festessen ein. Schritte anderer, seine Schritte lassen Geschirr, die Gläser in den Kästen leise klirren. Auf dem langen Tisch liegen Leinenservietten neben Tellern mit Goldrand im Garten. Wer nicht auf einem Sessel, sitzt zwischen Spinnennetzen in der Wiese. Sie trinken Wein, weiß, bis zum Abend rot. Bevor Gregor mit einem Messer den grünen Ginkgo, schneidet er sich selbst in die Hand, drückt das Blut in eine Ritze im Stamm. Dann klettert er hoch. Der Nebel verzieht sich, der Himmel ist verzückt. Wenn die Ränder dieser Blätter, *wäre auch mein Leben eine Illusion,* sagt er sich leise.

Insekten fehlen. Gregor hört sich laut im Summen der anderen. Menschen beschwören Bienen, Käfer, die Schmetterlinge. Mit den frischen Baumblättern, altem Stroh, ihren Haaren bauen sie Nester, oder ihre Anfänge für die Vogelbrut. Mit dem Wein werden sie wirr, bis es dunkel ist. Hinter einer Gruppe Schüler trägt er eines der Nester schwankend zum See. Professor Xander drängt sich auf, will ihn stützen, *pass auf,* sagt er. Gregor weicht ihm aus, murmelt, für den Professor unhörbar, *gib mich frei.* Im Norden weitum unter Wasser, im Süden am Glühen, ist die Erde für Zugvögel nur noch ein Streifen Land und Luft dazwischen. Sie ziehen Kreise. Die handgemachten Nester verstreut in den Gärten, am Seeufer, werden erste bis letzte Vogelpaare aufgreifen.

Es regnet, *aber wo sind die Wolken,* fragt sich Gregor. Die Lehrer, die Schüler schon wieder im Trockenen. Als hingen die Fäden aus Regen lose in der Luft. Vom Wind verzogen, streichen sie über sein Gesicht. Die Haare über seinen Wangen, die Stirn, sieht er sich mit seiner Mutter spazieren. Sie ließen sich einregnen. An die Wolken kein Gedanke, sie waren sich sicher, in diesen Stunden zu zweit. *Wo sind sie jetzt,* fragt er wieder, sie waren eine Zuflucht. Im Regen sitzt er, wie lange nicht mehr, berührt er sich am ganzen Körper. Nass bis auf die Knochen. Sein Herz drückt rechts in seiner Brust, *die Väterseite,* dabei kennt er seinen Vater gar nicht. Nur Männer, *sie meinten es nicht gut mit mir,* als Kind, *gebt mich frei,* ruft er in die Stille. Ein Freund seiner Mutter zog ihn auf seinen Schoß, da war er sieben Jahre alt. Es war, als nähme ihn der Mann in Besitz. Gregor hing an ihm wie eine Puppe, die Fäden verwirrt.

Im Fluss ging er seine Hände waschen, seine Füße. Seit er sieben Jahre alt war. Draußen war besser als drinnen. Das Ufer, das Wasser, dazwischen die Pflanzen. Er schaute ihnen, ihren Bewegungen lange Stunden zu. Rührte selbst sich nicht vom Fleck. Die Augen aufgerissen, wenn er müde wurde, zwang er sich zu zeichnen, um nicht einzuschlafen. Oft merkte seine Mutter nicht, dass es Nacht geworden, Gregor noch ein Kind und draußen war. Junge Männer in Leinenhemden in einem Boot fragte er, *darf ich mitkommen.* Damals schon kahl am Kopf, streckte Professor Xander seine Hand nach ihm aus. Gregor wehrte zunächst ab, stieg erst eine Woche später in das Boot im Fluss. Sie fuhren zum See, weiter auf die Insel.

Seine Hände gab Gregor nicht her. Nicht, als Professor Xander ihm einen Strauß Blumen schenkte. Nicht, als er betrunken, halbnackt in Gregors Zimmer stand. Grüne Blätter fielen vom Ginkgobaum, die Sonne blendete. Gregor wehrte sich nicht dagegen, dass seine Knöpfe, die Hose. Es tat weh, der Körper brannte. Auf der Schulbank konnte er nicht ruhig sitzen, hatte wie ein Brett vorm Kopf. Geflüster, Gerüchte. Alois erzählte ihm davon. *Das stimmt nicht,* sagte Gregor, was nicht wahr war. Seit er denken kann, war die Wahrheit verwirrend, eine Unordnung in seinem Leben.

In der Mulde, wo das rote Boot lag, ist er tief eingesunken. Das Wasser steht ihm bis zum Hals, als er weiter abrutscht. Es fühlt sich, von Kopf bis Fuß, freier für ihn an. Spürbar eine Kraft, die ihn zusammenhält, auch eine Richtung. Die Muskeln angespannt, steht er auf. Ein Rhythmus, ihm unwillkürlich eigen, lässt ihn Arme und Füße schütteln. Die Wellen will Gregor auf den Knien in die Arme nehmen. Seine Handflächen landen an den Schultern, klammern sich am Nacken fest. *Das Kind, der Schüler, das war schon immer ich.*

Im See schwimmt ein Stern. Wolken ziehen über das Wasser schwarz, das Licht weiß. Die Nacht über fiel Regen. Farbenlose, dann helle, dann blaublaue Landschaft. Es ist diese Stunde der Weisen, wie es heißt, der weichen Silhouetten. Zuerst Schnäbel, dann Gefieder. Die meisten kommen auf einmal, einige auch von unten. Als türmten sich die Vögel zu Bergen aus dem Wasser auf, zu einer Stadt. Sie beginnen zu klopfen, als wären Bäume, Fenster, die Schmetterlinge. Für Minuten verdeckt ihr Fest den Mond und den Stern an der Oberfläche.

Am Seeufer, im See hat Gregor auf die Vögel gewartet. Als Teras Stimme, gräbt er seine Füße tiefer in den Sand. *Ich war auch da,* sobald die anderen weg waren. *Gregor, ich bin hinter dir,* die anderen schlafen in ihren Zimmern. *Wir sind allein.* Er macht die Augen zu, dreht den Kopf zu ihr um, eine Hand in der Luft. *Bei der Skulptur spielen beide Hände eine Rolle,* wiederholt Tera, was Gregor ihr beibrachte, mit einem Klumpen Ton. *Wie bei der Liebe,* das Ende des Zitats, diesen Vergleich habe er unterschlagen. Zittrig hebt er seine zweite Hand, treffen ihre vier Hände an ihren Rändern, den Umrissen zusammen. Zwischen den Fingern wird es eng und warm, wieder feucht. Ihre Kleider fast trocken schütteln sie ab, ihre Finger wandern weiter. Sie nimmt seine Brille, *lass die Augen zu, Gregor,* drückt seinen Rücken in den Sand. Hart wird es, weich, härter, als sie auf ihm sitzt, er unten liegt. Vom See her hört er die Wellen, wie er sie spürt, wie Musik. *Du hast die Erde unter dir, du bist sicher,* ihre Lippen an seinem Ohr, *wenn du aufschaust, dann schau an mir vorbei.* Der Himmel bekommt Farbe, gelbe, rotrötliche Flecken in blauen

Wolken. Seine, ihre Hände über den Augen, auf der Stirn, lässt er dem Klopfen freien Lauf.

An ihrem Streichholz seine Zigarette, geht die Sonne auf. Tera sitzt wieder hinter Gregor, einige Meter Abstand, im Sand. Beide sind sie in ihren Hemden verschwitzt. Im Morgengrauen lernt das Wasser die Farben, am Tag ist es der geborene Maler. An Alois denkt Gregor, wie dieser einmal am Festtag das Leinen bemalt hatte. Die bunten Kleider durften sie nicht behalten. Eine Ausnahme, seine Serviette blitzt seitdem grün in grün, wie eine Smaragdeidechse. *Schön ist sie,* sagt Tera, als er sie über seine Knie gleiten lässt. Er frage sich, *wie wäre es, wenn nach dem Winter unsere Haut austreibt.* Sichtbar ein Anfang, Blätter, neues Leben, grün. *Schmerzhaft wäre es,* antwortet sie. Sie denke an die Wabenkröte, die er ihr gezeigt hat. Diese gebiert ihre Kaulquappen aus Rissen im Rücken. Den Schnitt in seiner Hand, keinen Tag alt, noch blutig, verbindet er mit der Smaragdserviette aus seiner Tasche. Rot verfärbt sie sich. Die Sonne steht hoch.

In seinem rechten Auge leuchtet ein rotgelbes Rad um die Iris, blau, die Pupille, schwarz. Wie eine Sonne mit Loch. Sein linkes Auge scheint ihr braun in braun. Wenn der Mann mit Alice spricht, schaut er nicht weg. Nicht auf den Weg, wenn er geht. Er schaut zu ihr, sagt, *die Vögel begleiten mich*. Sobald er stehen bleibe, würden sie sich niederlassen. Auf Kopf und Schultern, seinen Armen, *auf meiner Nase*. Kurz dreht er sein Gesicht nach vorne, *eine Vogelnase, siehst du,* gebogen wie ein Schnabel. Alice nickt, *sie gefällt mir*. Eine Wasseramsel fliegt vorbei, landet kugelrund am Boden. Als hätte ihn etwas überrascht, runzelt der Mann die Stirn. *Bist du selbst ein Vogel,* fragt sie, *es waren nur Vogelspuren,* auf dem Damm, im kalten Sand. Zwischen Steinen, feuchter Erde, *keine Schuhe oder Füße*. Er schüttelt den Kopf, *du hast sie übersehen*. Sie schaut zurück, *jetzt sehe ich sie*. Ein Vogel sei er nicht, er bleibt stehen, *eher ein Vogelbaum, schau mich an. Mehr Knochen als Muskeln. Ein Gerippe. Wie ausgebrannt.*

Auf hohem, dürrem Gras vom Vorjahr rasten sie sich aus. Im Nacken stichelt es, Alice zieht ihren Schal enger um den Hals. *Alt kommst du mir nicht vor,* sie sitzt links vom Dammweg. Der Mann rechts, *was heißt schon mir, dir. Und wer bist du, dass du das sagst*. Sie sitzen sich gegenüber, sie stutzt, *ich bin mir nicht sicher*. Wer sie war, lange Zeit, wüssten andere eher. Vielleicht, gibt er zu, sei für ihr Alter die Frage verkehrt. *Anders gefragt, wer willst du sein, oder werden, und wie*. Während sie schweigt, streckt er seine Arme rechts und links von sich aus. *Wie zwei krumme Äste vom Stamm,* kommentiert er, was nicht stimmt. Die Ärmel zurückgestülpt, wirken seine nackten Arme pfeilgerade, kraftvoll, unbeirrt vom Wind, jung. Er pfeift. Sie macht es ihm nach. Gegen die Sonne schließt sie ihre Augen. Ihre Arme versteift in der Luft.

Als Alice aufblickt, sitzen Wasseramseln auf dem Damm. Nicht auf ihrem Mantel, nicht auf seiner Haut. Zwischen ihnen beiden vor einer braunen Lache. Mit dem Wasser der Eisscherben putzen sich die Vögel ihre Brustfedern schneeweiß. Nachdrücklich spricht sie aus dem Bauch heraus ihren Namen aus, *Alice*. Als wäre diese Antwort genug, hakt der Mann nicht nach, *Alice, wie Alice also. Mein Name,* er spricht jetzt hastig, als ob nicht länger wahr, *war, ist Max*.

Der Winter mache die Glieder hart, *wie erstarrt, über Monate*. Zwar bringe der Frühling, dieser andere Wind wieder Bewegung, freies Spiel. *Aber etwas bleibt verhärtet,* er steht auf, *über die Jahre wird es mehr. Bis jeder Körper,* er lächelt, *abstirbt*.

Vor ihrer Blüte bergen Pflanzen ein Geheimnis. Das Café-Marron-Kraut hat Stängel ausgebildet, Atemwurzeln in der Luft, einige Blätter. Auf die verschiedenen Stockwerke der Gärten hat Gregor die Setzlinge verteilt, mit Wärme und Licht gearbeitet, mit Bewässerung. Sie stecken in aufgeschütteter Erde, tief genug für die Wurzeln der Bäume, einen Wald. Von Weitem, sagen die Sammler, erinnere das Kolleg an einen bewaldeten Berg. Verdeckt die Gewächshäuser, die Zimmer unter und hinter den Gärten, die Wiese, wo Gregor jetzt steht. Mit Geheimnissen tut er sich schwer, *was ist das für ein Kraut*. Seit dem Regenguss in der Nacht wachsen ihm neue Knospen, anders als die alten. Gregors Daumen zittert, als er sich unter die weiche, grüne Hülle einer Knospe schiebt. Als wäre es Alois' Hemd, aufgeknöpft, darunter Teras Brüste, faltet er die Kelchblätter jetzt mit beiden Händen auf. Blau, der Pollen orangerot. *Diese Pflanze gehört nicht aufs Land,* ahnt er, was er ausspricht. Ein Versprechen, *ich pflanze dich in den See,* zwischen grüne Algen, nicht in den Teich. *Ich will nicht, dass du stirbst,* also gräbt er die Pflanze aus, wenn nötig, würde er sie bis ans Meer bringen. Mit der Anmerkung, *vom Berg Marron, trockener Boden,* hatten sich die Sammler vertan, glaubt Gregor nach Jahren, diesem Regen. Etwas, nicht weniger als Land und Wasser, hatten sie verwechselt.

Ins seichte Wasser am Ufer pflanzt er das Kraut ein. Den Rest Salbeitee vom Morgen schüttet er über die Knospen. *Alois kommt nicht zurück,* sagte ihm einer der Lehrer, ein neuer Schüler komme an seiner Stelle auf die Insel. *Räum Alois' Zimmer auf, du warst sein Freund. Schau nach, ob du noch ein letztes gutes Bild findest.*

Widerwillig macht er sich vom See los, nimmt die Außenstiege in den ersten Stock. Der Steinboden im Gang ist kalt, bei Alois warm. Obwohl nur alte Butzenfenster, ist das Zimmer auch hell. Auf dem Schreibtisch Zettel, Pinsel, beschriftet mit Namen, der, wenn Alois ihn schreibt, die letzte Silbe nur andeutet. Über dem Bett hängt wie in jedem Zimmer schief das Bild vom Kollegsgründer. *Ich schlafe unter einer Frau,* war sich Alois sicher, dass es kein Mann, *schau doch selbst.* Als Gregor den Kasten öffnet, spürt er durch Wände den Wind von draußen. Dunkel hört er seinen Freund, als hielte sich dieser versteckt, *mach die Kastentür zu.* Eine Wange an seiner Schulter, *mach die Augen zu.* Tera führt seine Hände zwischen ihre Beine. Sie ist ihm heimlich gefolgt. Es sei Alois' Platz, will Gregor sagen. Stattdessen klettert er in den Kasten, mit der Frau in ihrem, dem weißen Hemd seines Freundes. Drinnen pfeift der Wind. Früher waren es Alois und er.

3

Die schwarze Nacht kommt über die Insel auch im Sommer. Einmal im Jahr, im späten Frühling, macht ein weißglühendes Zelt die Ausnahme von der Dunkelheit. Innen am Zeltdach hat Gregor mit seinen Schülern Flaschen mit Alkohol befestigt. Von den Lampen angelockt, schweben, taumeln die Insekten wie betrunken vom Licht, vom Alkohol durchs Zelt um die Flaschen. Sie ertrinken. *Eine Libelle,* sie landet auf Gregor, der wie ein Brett am Zeltboden liegt, wartet, *endlich.* Nicht lange und seine Haut ist von Insekten übersät.

Am nächsten Tag werden sie die Ertrunkenen zählen, abwiegen, vermessen. Ein Tag aus den Vorjahren fehlt zum Vergleich. Alois hatte damals die Lampen ausgelöscht, *das bringt nichts,* die Zahlen, das Zählen bringe sie nicht weiter. *Warum tun wir nichts,* sagte er dem Lehrer, der ihn erwischt hatte. Danach passte Gregor in den Zeltnächten auf Alois auf. Sie freundeten sich an. Die Fangfallen rührte Alois nicht mehr an, als wären seine mit Gregors Händen gebunden, oder verbunden, lag er auch steif am Boden. Beide taten sie, als würde der Käfer im Mundwinkel, die Fliege hinterm Ohr nicht sterben. Geschweige denn, aussterben. Im Zelt, in der Welt. Das ging Jahre gut, es war schön zu zweit, eine Illusion, das Zelt war die Welt. Im letzten Sommer wurde Alois wieder wütend, traurig, *ich sitze fest hier,* er sprang auf. Statt aber zu handeln, wider die Lampen, weg von der Insel, bewegte er sich im Totentanz, summte im Insektengesang. Seine Stimme, sein Körper auf einmal fremd, aber verformt waren sie nicht. Alois sagte, *lieber sterbe ich.* Ein halbes Jahr später, die Wellen hoch wie lange nicht mehr, stieß er sich im roten Boot von der Insel ab. Allein, Gregor blieb liegen.

Zittrig kriecht er, die Libelle im Nacken, aus dem Zelt. An den Steinmauern, blättrige Farbe, farblos jetzt, tastet sich Gregor bis ins Zimmer, wo Tera schläft. Es klopft und er kriecht erschrocken unters Bett. Von seinem Gesicht fliegen die Insekten zum Licht einer Lampe. Eine Hand verscheucht sie. *Wo ist Gregor,* fragt Professor Xander, ohne einzutreten, sich zu wundern. Tera antwortet, sie wisse es nicht. *Richte ihm aus, dass ich, dass Professor Xander weggegangen ist, endgültig.* Als der Mann sich, die Türe noch offen, schon ein paar Schritte entfernt hat, sagt er zu Tera, *sei vorsichtig, für Menschen wie dich ist es hier nicht sicher.* Die Insel sei ein Ort der Vielfalt, ja, der Pflanzen, *bei den Menschen hier ist Vielfalt fehl am Platz.*

Wie Gregor jetzt bei dieser Frau, sie, wie um sich zu beruhigen, mit ihm schläft, ist er ein Gespenst, sich selbst unzugehörig, ein Fremder. In Wahrheit liegt er nicht mehr im weißen Zelt, aber noch immer ohnmächtig unterm Bett.

Wo bist du, Gregor. Ein Zittern. Stille. Außer Atem drückt er seinen Mund wieder auf Teras Mund. Seine Schreie verhallen in ihrem Körper. Ein Beben. Sie löst ihre Lippen, *sag es mir, wo bist du.* Er greift an seinen Nacken, rennt zur Tür. Von Tür zu Tür, in die Gärten, an den See. *Lass sie frei,* sagt er sich, schüttelt seinen Kopf im Wind, als säße die Libelle noch fest, im Fenster ein Schmetterling, ein Vogel im Baum. *Lasst mich los,* schreit er, Lippen, Zähne gegen die Faust. Wie früher fängt Gregor an, seine Hände zu waschen. Sie reichen ihm nicht mehr. Als er mit dem ganzen Körper ins Wasser, stoßen ihn die Wellen in seinem Schoß ab. Er zuckt zusammen. Als wäre der See ein Meer mit Quallen. Im Sand sitzt er fest. Wegen der Quallen, ihrem Gift solle Gregor als Kind am Fluss aufpassen, hatte der

Freund seiner Mutter geflüstert. Sich nicht herumtreiben, *und behalte diese Geschichte für dich.*

Wie ein Stein hockst du da, hört er, wie Tera ihm zuredet. Leblos von außen, für andere in der Stadt, unbeweglich, für sich auf der Insel. Er wehrte sich nicht. *Aber dein Haar ist zerzaust,* sie hält kurz inne, *in deinem Kopf geht es wild zu.* In ihrer Familie heiße es, das Haar zeige den innersten Gedanken, seine Spiralen. *Sag es mir, wo bist du.* Gregor presst seine Augen zusammen, streckt blind, schwankend seine linke Hand in Richtung ihres Gesichts. *Geh zurück, Tera, es ist dunkel,* für sie allein, für sie beide, *geh zurück.* Seinen Rücken lehnt er an einen Stein, groß, geformt wie ein Ei. Vor langer Zeit hatten um die Insel Krokodile gelebt, erinnert er sich, was Professor Xander ihm erzählte. *Pass auf,* im See solle er nicht schwimmen, *und das bleibt unser Geheimnis.* Brüchig wirkt der Stein an der Oberfläche. Gregors Schultern reiben gegen Sprünge in der Schale. Er hört Tera weggehen, wiederkommen. Durchs Wasser, auf diesen Stein wie ein Ei will sie ihn aus dem Wasser ziehen. *Dein Gedanke ist schwer, Gregor,* der Körper sackt zusammen. Ein Knacken. Den Kopf in den Nacken gedrückt, schaut sein Gesicht nach oben.

Vielleicht behalten wir es besser für uns. Was dunkel ist, bliebe im Dunkeln. Eine Hand stützt sein Kinn, ihre zweite hebt ihm die Lider von seinen Augen. Zwielicht in der Nacht, wie an Tagen. Am Morgen, wie an einem Abend. *Schau mich endlich an, Gregor.* Eine Lampe aus dem Zelt hält Tera vor ihr Gesicht. Ihre Haut ist braun. Ihre Wangen, die Nase, Stirn, sie schimmern wie Perlen. *Meine Familie sind Ortlose. Viele in der Stadt, in den Dörfern haben Ekel vor uns.* Sie schluckt, *sie spucken vor uns aus. Darum bleiben wir oft nicht,* an einem, von Ort zu Ort. *Aber mein Boot ist weg,* sie habe es versteckt unter einer Weide mit Zöpfen. Einzelne Haarsträhnen von ihr seien verloren in den Bootssegeln. Von Natur aus wirr sei Teras Haar, *vom Draußensein, aber nicht nur vom Wind. Das Chaos,* Tera schiebt eine Strähne über den Scheitel, *richten die Menschen an.*

Aus dem Schlaf fährt Alice hoch. Wie ein Falke, aber von unten nach oben. Sie schlägt ihre Hände um ihren Körper, krallt sich fest. Leinenstoff an Beinen, über der Brust, jetzt an ihren Händen, atmet sie auf. Diese Angst, nackt zu sein, mit ihr aufzuwachen kennt sie von der Insel, ihrem Aufwachsen. Oft war sie verschwitzt in ihren Kleidern, jetzt ist sie es auch. Zu viel Stoff, ein zu heißer Frühling, eigentlich ein Sommer. Von ihrer Hängematte steigt Alice auf den Ast, zum Stamm. Auf den Boden, wo Max schläft. *Schlaf, schlaf gut,* flüstert sie.

In der Hitze der letzten Tage, Wochen zog sich der Fluss zurück. Sie geht ihm nach, in sein Bett, schmal, angekleidet. Ängstlich, sie kann nicht schwimmen. Mit dem Stoff von Hose, Hemd wäscht sie die Haut, die feucht darunterliegt. Verkleidet zu baden ist sie gewohnt. In Augenblicken von alten zu neuen Kleidern ist Alice nackt, trocknet sich ab. Danach ist ihr das Handtuch verdächtig. Es weiß, wie ihr Körper verläuft, kennt seine Schlaufen, ihre Tiefe. Auf der Insel zerknüllte sie es wie einen Beweis. Einmal nahm Gregor ihr Handtuch ein zweites Mal. *Es war ein Versehen, Alois,* entschuldigte er sich. Sie hob es auf, rannte weg, verkroch sich im Kasten in ihrem Zimmer. Das Handtuch war mehr als ein Spiegel, ein Spiegel wäre zerbrochen. Es war kein Spiel, sie schämte sich, hatte Angst, die anderen würden sie anders sehen. Ob Gregor im Stoff ihren Geruch, fand er ihre Brüste kugelrund. Sie suchte ihre, dann, unwillkürlich, die Spuren seines Körpers. Etwas war greifbar, fast fest, etwas anderes in der Luft hielt Alice zurück. Das Handtuch flog aus dem Kasten, aus dem Butzenfenster in die Gärten.

Ihren Blick lässt sie schweifen. Eine Wildkatze macht mit ihrer rechten Pfote an der Wasseroberfläche Wellen, als landete eine Fliege, Nahrung, eine Falle für den Fisch. Von der Katze lernte sie zu fischen ohne Angel. Unter den eckigen Steinen ragt ein ovalrunder wie ein Ei aus dem Fluss. Alice tritt näher. Ein Name, zwei Jahreszahlen, die Inschrift, *gestorben beim Bau des Deichs,* das Bild eines Fisches im Netz. Es ist ein Grabstein. Sie ruft, *wach auf, Max, komm her.*

Durchs Schilf beobachtet sie, wie Max nach den Grabsteinen taucht. *Es ist ein Friedhof,* ruft er Alice zu. Wieder stehe geschrieben, *beim Bau des Deichs.* Entlang vom Fluss, weiß sie, hatten früher Fischerfamilien gelebt. Als der Fluss begradigt wurde, grub sich sein wilder Rest, der alte Fluss, dieses Bett. Dörfer gingen unter, heißt es, mit ihnen Menschen. Mit den Toten ihre Geschichte. Ihr letzter Rest.

Zwischen den Zehen, an den Sohlen spürt er im Wasser das Café-Marron-Kraut. Es gedeiht, seit es im See, an seiner Haut, es wächst blaugrün. Gregor schiebt seine Hände wie zwei Fische dazwischen, taucht den Kopf tief ein. Als könnte er es riechen, unter Wasser. An Teras Gesicht, im See, dem Licht einer Lampe versucht er sich zu erinnern, wie es war, wie es aussah. *Vergiss es wieder,* hatte sie schon am nächsten Morgen geflüstert, *und schau mich nicht an. Es war ein Fehler.* Sie sei auf der Insel, allein um zu lernen. Sie lasse sich nicht abhalten, wie früher. Von dem, wie sie ist, wie sie aussieht. In der Nacht macht sie die Pflanzenvisite im Geheimen schon ohne ihn. Gregor könnte ausschlafen, wäre da nicht das Café-Marron-Kraut. Im Wasser ist das Gewächs sein Geheimnis. Wie den Jungen über den Wolken, im Bett mit Professor Xander oder dem Freund seiner Mutter, hält er es versteckt. *Nein, nicht.* Dass er das nicht will, nein wollte er sagen, zu den Männern, ihre Hände an seinem Körper. Dass es ihm weh tut. Er nahm es sich vor, übte die Sätze wie ein Kind ein unbeirrbares Gedicht. Nach Jahren, erst gestern Abend sagte Gregor endlich, *ich will das nicht,* sagte es aber zu Tera, ihre Hände an seiner Brust. Als er den Jungen von den Wolken holen, sich erklären, wehrte sie ab, *schon gut, Gregor.* Wieder, *ich bin auf der Insel, allein um zu lernen,* und, *ich bin allein.* Sie zeigte auf einen Café-Marron-Sprössling am Fensterbrett, *was ist mit dem, erklär mir das.*

Muscheln in der Schale seiner Hände geht Gregor ins dunkle Haus, macht Licht in seinem Zimmer. Aus dem Kasten zieht er sein Herbarium, das schwerste auf der Insel. Wie kein zweiter Schüler, Lehrer, führte er Buch über die Pflanzen, die er einzuordnen lernt. Alois hatte begonnen, in Leerräume auf den Seiten Muscheln zu kleben, sie bunt anzumalen, als entstammten sie dem Meer. Zuerst lose, ganz. Dann bildete sein Freund Figuren, aus Bruchstücken. Gregor blätterte durch, strich über die Muscheln. Ein Wirbel aus Falten, wie weite, verdrehte Röcke. *Gefallen sie dir,* fragte ihn Alois, *die Frauen, ihre Farben.* Statt ihm Zeit zu lassen für eine Antwort, blätterte er für Gregor weiter.

Die Mitte vom Herbarium findet sich inzwischen von selbst. Das Buch fällt dort auf. Über die Doppelseite, ein Blatt hinweg hatte Alois, der sich sonst vorm Zeichnen drückte, den Akt einer Frau gezeichnet. Gregor, der ihn sonst mit Bleistift korrigierte, fährt jetzt diese Striche nach, wie einer heiligen, letzten Schrift. Er will, kann nicht abweichen. *Du fehlst mir,* er schlägt das Buch zu. Alois ist weg, nur ein Bild. Tera, gerade hereinkommen, nur ein Geruch nach Erde. Es fehlt ein Ton, eine Aussprache, der Geschmack nach Meer.

Das Wasser zerbricht, wenn sie schwimmt, es versucht. Wie Eis, aus Glas stürzt es ein unter ihrem Gewicht, ihren falschen Bewegungen. Scherben am Grund, sie selbst, Bruchstücke. *Lass sie liegen,* für diesen Gedanken, nicht alt, neu nicht, schämt Alice sich.

Max schwimmt an ihr vorbei, *komm mir nach.* Entlang vom Ufer könne sie mit ihren Füßen, mit ihren Händen an den versunkenen Grabsteinen Halt finden. *Das ist makaber, ich lerne nicht schwimmen von Toten,* Begrabenen. *Nein,* gibt er ihr recht, *bald lässt du sie los,* leiser, *für bestimmte Zeit.* Während sie weiter übt, Arme und Beine, schielt sie zu Max. Wie er die Steine wäscht, handgroße Flächen von Algen befreit, *halt dich hier fest, Alice, dann rutschst du nicht ab.* Sie hantelt sich von Grab zu Grab. Als sie nach seiner Schulter, taucht er weg, unter, und wieder auf. Sein Gesicht, besonders sein Sonnenauge glänzt. *Bist du traurig, Max.* Mit dem Ellbogen klopft er auf den Stein neben sich, *das ist ein Vogeldenkmal.* Bei offenem Auge unter Wasser sehe er eine Frau oder ein Mädchen, ihr Bild, in Stein gemeißelt. Umschlossen halten ihre Finger einen Vogel. *Eine Epiphanie, sie erinnern mich an.* Woran, fragt Alice. *Eine Mutter, eine Tochter.* Als wäre es gleich, jung und alt, ein Vater, ein Mann. *Sie hatte grüne Fingernägel.* Wer, fragt Alice. *Beide,* er stockt, *die Frau.* Ein Algenblatt wickelt er um sein Handgelenk, *später holt es ein kleiner Vogel, du wirst sehen.*

Schwarz und grün taucht eine armlange Schildkröte zwischen ihnen durch den Fluss, Alice kennt die Art. Sie lebt von toten Fischen, legt ihre Eier an Land. Endlich lässt Max vom Vogeldenkmal ab. *Im Wasser zu sterben halte ich für gut,* sagt er. Fische und Vögel teilen sich im besten Fall das Fleisch, die Knochen, das Haar auf. *Du wirst zersetzt,* von Wasser und Luft, *du wirst ein Mischwesen,* fährt er fort. Eine Chimäre, spricht Alice in Gedanken. In ihrem Grund, denkt sie weiter, ist diese Welt, sie stockt, ein Mischwesen. Sie denkt an Gregors harte Konturen, mit harter Miene. Wie sie ihm zuflüsterte, *du weißt, sie sind nicht wirklich echt.* Gregor widersprach, *du bist nicht ich, oder.* Sie schwieg.

Alice und Max essen Fische über Feuer, zupfen Algen von ihren Handgelenken. *Nimm wenigstens das Kind mit,* diesen Satz habe er vor Jahren gehört, oder geträumt. Seit diesem Tag, dieser Nacht frage er sich, was unendlich heißt. *Bedeutet es leben nach dem Tod. Heißt es, wir treffen wieder, anders, neu zusammen.* Wo zwei, drei Seelen sehnsüchtig, im alten Leben allein blieben. Auf seinem Fingernagel ein Algenfaden, küsst er seine Farbe, *seealgengrün.* Dann bläst er den schwarzen Rest ins Wasser.

Jahre blieb ich hängen, erzählt ihm Tera, *abgeschoben in eine Sonderschule. Die Lehrer wollten meine Muttersprache nicht hören, meine Mutter nicht sehen.* Also wollte sie nichts von ihnen wissen. *Meine Arme waren verschränkt an diesen Schultagen.* Darauf sei sie stolz, *auch schäme ich mich dafür.* Im Halbdunklen unterm Ginkgo trinken sie schwarzgrünen Tee. Zum Schlafen war diese kürzeste Nacht lange zu hell. *Lesen und Schreiben, die fremden Wörter, die vielen Namenswörter, lernte ich aus Büchern aus dem Müll. Meine Mutter,* erzählt sie weiter, *ist Analphabetin, sie ging nicht zur Schule. Ich selbst lernte auswendig, lernte starre Muster, um mein Wissen zu sortieren. Gleichzeitig glaubte ich, dass mein Vater, dass es auch anders geht.* Als sich Tera den schwarzen Rest einschenkt, verschüttet sie einen Schluck auf den Boden. Tee und Himmel hellen sich auf. *Wahrscheinlich geht es anders,* stimmt Gregor zu, *aber ich selbst war auch ein Musterschüler. Dein Vater.* Ihre Gegenfrage, *und was ist mit deiner Mutter.*

Ohne Augen finden sich ihre Hände endlich wieder, ohne mehr sich zu berühren. Zwei Figuren ohne Geschlecht erfüllen sie das Muster vom Anfang. Kaum Blicke von vorne, kein Kontakt außer, *gib mir deine Hand. Komm mit.* Zwischen Falkenmotten, Bienen, in der Zwischenzeit schleichen sie in den großen Lehrsaal. Leer in der Früh ist er voller Bücher, später Schüler, ein Lehrer. *Dieser Lehrer ist anders,* flüstert er Tera zu, *er war auch Autodidakt, wie du.* An den Schulbänken vorbei zieht Gregor sie zur alten Holztruhe, hebt den Deckel auf. *Ein Versteck, an der Rückseite ist ein Loch.* Sie bückt sich, *was sind das für Bücher,* sie blättert eines auf. Er schlägt es zu, *alte Bücher, aber Teile sind noch gut. Professor Anila verwendet sie nicht.* In der Truhe sei Tera während des Unterrichts sicher. Den Abstand zur Wand vergrößert, steigt sie hinein, zieht den Deckel über sich zu. Durchs Loch ihre Finger, an der Wand, an seinem Knöchel, zwischendurch ihre Nase, ihr Mund, zieht Gregor seinen Fuß weg. *Halte dein Ohr ans Loch, der Lehrer spricht eher leise.*

Aus der letzten Reihe, nahe der Truhe, beobachtet er, wie die Schüler den Saal füllen. Von ihm nehmen sie wenig Notiz. Für sie ist Gregor der Gärtner mit den roten Haaren. *Gärtner Fuchs,* sagt ein Schüler wieder zu ihm, sein Sitznachbar lacht. *Fuchs,* fand Alois, *passt nicht zu dir.* Gregor sei das Chamäleon unter den Pflanzen. *In Jahren selbst eine Pflanze,* verwurzelt. *Wo bist du dann, Alois,* erwiderte er. *Woanders,* unterwegs. Er hatte recht. Schwimmen oder untergehen, in einem Meer aus Schilf, im Meer, eins von beidem wollte Alois. Blau, gelb, *ein Fuchs bin ich nicht,* sagt Gregor laut.

Bei Professor Anila verbinden Farbkleckse, die Pinselstriche Haut und Kleidung. Wenn er malt, malt er ein Bild und das Bild von sich selbst. Auf der Leinwand, auf sein Leinenhemd. *Das gehört zusammen,* ist er überzeugt. Auch in einer Wissenschaft. Wenn er forsche, in der Natur, erforsche er auch sich selbst. *Ihr bleibt kein weißes Blatt,* sagt er, während er Papier im Saal verteilt. Als er in der letzten Reihe Gregor vor sich hat, verneigt er sich, *es ist mir eine Ehre. Es ist lange her,* dass er in seiner Klasse, *ich freue mich.* Gregor nickt. Dann bückt sich der Lehrer, öffnet auf dem Boden seine Hand.

Die Eidechse läuft über Arm, Schultern, auf den Kopf zwischen die grauen Haare. *Kleiner Bruder,* spricht sie der Lehrer an, *kleiner Drache. Deine Augen,* gelb wie Feuer, eine rote Sonne, *erinnern mich an eine alte*

Freundschaft. Von zwei Schülern lässt er sich helfen, klettert auf die Truhe mit dem Loch, zieht ein schmales Butzenfenster einen Spalt weit auf. *Für dich, mein Freund*. Über seinen Mittelfinger läuft die Eidechse in die Zweige eines Zitronenbaums, draußen im Garten. *Pass gut auf*. Er schließt das Fenster, *diese Eidechse bewacht den Baum. Wie ein Drache,* den letzten seiner Art.

Über die Blätter Papier auf den Tischen streut Professor Anila Samen aus seinen Ärmeln. Was Klee, die Rose, eine Stieleiche in ihrem Samen zum Wachsen brauchen. Einzelne Schüler antworten, *Licht, lange Tage. – Einen vollen Regenguss. – Wärme, 20 Grad Celsius*. Sie schreiben es auf, sagen es laut. *Das Meer,* sagt Gregor leise, denkt an das Café-Marron-Kraut, seine Wurzeln im See. Früher durchgehend auf den Beinen, bleibt der Lehrer auf der Truhe sitzen, worin Tera liegt. *Nennt mir die Farben*. Sepia, Umbra und Ocker überwiegen als Antworten. *Wenn ich euch aber sage, dass zu Eiche, Rose, Klee die ganze Farbpalette gehört*. Neben Gregor reißt ein Junge die Samen auseinander, *nein, nur braun,* ruft er aus. Andere denken anders, *grün und rot,* rufen sie, weil aus den Samen später Bäume oder Blumen werden. Professor Anila faltet seine Hände, *es ist wahr, die Samen sind im Werden, verfärben sich*. Durchschneiden, Zerreißen führe in die verkehrte Richtung, *dann wachsen sie nicht mehr. Lasst sie ganz werden. Stellt sie euch im Garten, in einer Wiese, einem Wald vor. Schaut hinaus*. Vor den Fenstern drängen sich jetzt Schüler, andere machen die Augen zu. Einer ruft, *die Eidechse ist zitronengelb*. In Gregors Vorstellung landet ein Eichelhäher auf dem Zweig, *der Baum hat blaue Federn,* murmelt er.

Während die Schüler, von den Samen ausgehend, bunte Landschaften, eine Art Ganzes, malen, bietet ihm

Professor Anila neben sich einen Platz an. *Denkst du oft an deinen Freund Alois.* Gregor nickt, die Truhe knarzt. *Die Liebe ist wie jede Farbe,* sagt der Lehrer, *irgendwo ist sie immer. Sie gehört dazu.*

4

Das Kolleg hat eine kahle, eine haarige Rückseite. Verwuchert, verwüstet. Sie geht ihm voraus, er sieht nur ihren Rücken, den schwarzbraunen Zopf an ihrem Hinterkopf, ihrem Hals. Sie schwitzen. Feucht ist der Boden, war früher ein Teich, früher im See. Trocken die Hausmauern, aus Stein, *siehst du die Eidechse. Den Salamander.* Tiere, Pflanzen, die sonst entweder im Moos, im Moor oder in der Steppe, leben hier zusammen. Während Tera die klebrige Rosette des Sonnentaus, betastet Gregor die Stacheln vom Mondkaktus in einer Felsritze. Zwei traditionelle Farbstoffe, für Purpur, für Orange, die Sonne im Untergang. An Feigenbäumen, verwachsen mit den Mauern, will Tera hochklettern aufs Dach. Gregor, der ihr folgt, dazu Äste biegt, bricht, erzählt, *die Bäume geben den Halt. Als Jungpflanzen hatten sie ihre Wurzeln zwischen die Steine gedrängt. Bis das Kolleg teilweise einstürzte.* Seitdem sei das Haus notwendig der Form der Feigenäste angepasst, von ihr abhängig. *Sterben die Bäume, bricht das Haus zusammen, zumindest an seiner Rückseite.* Das stehe fest. *Eine Ironie.*

Auf dem Dach angekommen, trinkt Tera hastig Wasser. Als er von hinten nach der Flasche, verschluckt sie sich, hustet. *Warte, Gregor,* sie zeigt zum See, *dort gibt es mehr. – Beim Blick nach unten kriege ich Federn,* sagt er, meint, er sei aufgeregt, *lieber bin ich am Boden,* statt auf dem Dach. Federn seien gut, *dann fliegst du in den See, ich werde springen,* verwandelt sie seine Wendung. Hoch sei es nicht. *Du meinst tief.* Sie stutzt, *beides und beides ist es nicht.*

Sie sitzen in der Sonne, die untergeht. Rauchen Rücken an Rücken. Zentimeter Abstand zwischen ihnen. Das angezündete Streichholz steckt Gregor ein, mit beiden Händen wird er es später ins Wasser tauchen. Zu ihren Füßen pflücken sie reife Feigen, der Saft zerfließt im Gesicht. Dank Löchern in den großen, grünen Blättern erreicht die Sonne auch Blätter, die Lagen tiefer liegen, anderen Pflanzen gehören. Auch seine Fußrücken. *Den Zopf flechte ich neu,* hört er, spürt, wie Tera seine längeren Haarsträhnen miteinflicht. *Wie Stein und Feige,* sagt sie, fragt, *darf ich mich anlehnen.* Als sie einschläft, lässt er es zu. Seine Aussicht in der Nähe dunkelgrün, weit draußen am See blau, purpur, orange. *Blau ist meine Lieblingsfarbe,* sagte Alois, als die Freunde zuletzt auf dem Dach saßen, *mit Blau bin ich verschwenderisch.* Wie Wasser und Himmel, die Welt. *Wie du auch.* Den blauen Blüten, Blättern lasse Gregor in den Gärten am meisten Platz. Alois hatte ihn ertappt. Wenn er jetzt daran denkt, weiß er, es war umsonst, einzelne Arten vorzuziehen. Im Ganzen gesehen, wenn es das Ganze noch gibt, ist jede Blüte blau. Alois ließ sich nicht halten.

Dort ist das Boot, es ist rot. Tera ist aufgewacht, aufgeregt, *das Boot ist zurück,* treibt sich im See herum. Ihren Kontakt, den Zopf trennt sie auf. Sie zieht Gregor nach, ohne Hände, Haare, die ihn halten. *Ich springe,* ruft sie, klettert einige Äste tiefer, springt in hohem Bogen. Der See fängt sie auf wie ein Netz einen Fisch. Gregors Haut zittert dunkel unter den Blättern mit ihren Schatten im Wind. Im dichten Gehölz ein Vogel, dann ein Schmetterling. Er schreit. Für einen Moment spannen Flügel, um nicht eingeklemmt, die Zweige auseinander. Er schafft sich Platz, fliegt wie ein Stein.

Durchs bunte, wie entbrannte Wasser taucht er zu Tera. Als sie ihn zu sich ins Boot, sagt sie, *jetzt musst du das Streichholz nicht mehr waschen,* wie sonst, zur

Sicherheit. Auch nicht seine Hände, seine Füße. Sie sind nass. Stärker ist das Wasser. *Bist du dir sicher, dass das dein Boot ist,* fragt Gregor. Sie schüttelt den Kopf, *eigentlich nicht. Mit dem Boot bin ich zur Insel gefahren.* An einer Schnur habe es bei der Flussmündung an einem Steg gehangen. *Ich besitze kein Boot. Das Boot war im See wie die Feigen am Baum.*

Statt in Teras Gesicht schaut Gregor unterm Segel in verschiedene Winkel. An Stirn, Knie, Unterarmen sammelt sich Sand. An seinem Hemd, der Hose reibt er sich wieder trocken. Was er sieht, sind in Massen hellblaue Muscheln, grüne Algenfäden im Boot. Festgeklebt, lose im Gehölz, getrocknet, feucht. *War das Boot vorher schon so voll. Wer hat die Muscheln angeordnet,* wie Gartenbeete, zu einem knirschenden Bett. Das war Alois, denkt er. Tera liegt, damit sie von der Insel niemand sieht, sagt, *das Boot war voll, aber für mich war noch Platz.* Unter den Gehäusen, Wellen, die orangerot überschwappen, beginne sie Professor Anila zu verstehen. *Unsere Leinenkleider sind nicht nur weiß. Ich bin nicht einfach braun oder schwarz.*

Schau mich wieder an, Gregor, wieder berührt sie ihn. Sein Blick entfaltet sich mit ihren Händen. Ihr Gesicht leuchtet. Knöpfe springen, sein Hemd flattert. Tera bindet Algenfäden von ihren zu seinen Fingern, löst Alois' Muscheln aus ihrer Starre am Holz. Sie legt sie sich ins Gesicht, auf den Mund. Seine Finger gehen mit. Zuerst will Gregor die Muscheln zurück an ihren Platz, aber dann bricht er sie in Stücke. Splitter an seiner Zunge, als Tera ihn küsst, schmeckt er Blut. Es tut weh, dass Alois ihm fehlt. In ihrem neuen Zopf findet er seine Locken. In ihre Hosen reißen sie Löcher. An den Algen ziehen die Finger in diese Enge, wo es weit wird. Ein Meer in Bewegung in einem Boot im See. Sie schaukeln, hoch, tiefer, gehen im Dunkeln unter, wieder auf. Wie eine zeitenlose Sonne. Vorm höchsten Punkt fällt er zurück. Sein Körper glüht, *ich kann das nicht, wir sind nicht allein.*

Professor Xander fällt ihm ein. Ob er als letzter Mensch in diesem roten Boot, als ob er jetzt wieder bei ihm sitzt, mitfährt, stillsteht. Die Augen geschlossen, hat er ihn groß vor sich, und schwer. Über den Bootsrand taucht Gregor unbeholfen seine Beine, dann seine Arme ins Wasser. Runden schwimmt er im Kreis, konnte es in der Zeit auf der Insel nicht verlernen. Der Körper ist nicht vergesslich, gab sich für Stunden, oft nur Minuten auf. Jetzt sind es Jahre, ungelöst von diesem Mann. Gregor treibt im See wie im Fluss oben auf, erinnert sich, wie er als Junge regelmäßig aus den Wolken fiel. Mutters Freund war dann schon weg, aus dem Zimmer, Professor Xander draußen am Gang. Gregor raffte verschiedene Kleidungsstücke aus Kästen, zog sie übereinander an. Je länger, je älter, wollte er es aber genau wissen. Aus seiner Schultasche Lineal, Bleistift, aus einer Lade ein Maßband begann er vorher, nachher sich nackt zu vermessen. Sicher wollte er sein, wo dieser rote Körper anfängt, wo er aufhört. Ob es gleich blieb. Nachfühlen konnte er es sich selbst nämlich nicht mehr. Ein Automat im Bett, am Boden, an der Wand, tat er nichts dergleichen.

Ein Zeichner, den Zettel am Teppich, Tisch hielt Gregor die Grenzen fest. Selbstporträt mit harter Kontur, eines nach dem anderen. Zurück aus dem See will er das nächste Bild, findet in seinen nassen Taschen das Maß nicht mehr. Die Bleistiftmine aufs Holz vom Boot, zeichnet er den Körper, den Kopf trotzdem mit wenigen dicken Strichen. *Zumindest dein Mund ist offen,* flüstert Tera hinter ihm, sie hat recht. *Magst du etwas von dir erzählen, ich höre dir zu.* Sie bläst das Streichholz, sein letztes aus. Er erzählt ihr von seiner Mutter, *sie lebt nicht mehr.* Dass sie ihn oft warten ließ, nach der Schule, vor der Wohnung. Eine Stunde war nichts, oder ein Tag. Er war oft hungrig, müde. Seine Kinderzeichnungen verkaufte er Leuten auf der Straße. Für das Geld gab es eine Kugel Eis, oder zwei Kugeln. *Mein Geburtstag war besonders. Mit dem Schulläuten holte mich Mutter ab. Sie schenkte mir so viele Feigen, wie ich Jahre alt war.* Plus eine Feige zum Sofortessen. Eingewickelt in Papier haben die Früchte geknistert, als er sie zählte. Wie er es nacherzähle, könne er es hören, *du auch.* Tera nickt. *Mutter betonte jedes Jahr, sie habe die Feigen von einem hohen Baum gepflückt. Für mich. Sonst traute sie sich das nicht. Wenn es regnete, zog ich sie in den Regen. Sie war keine Schwimmerin.* Er schläft ein.

Langsam kehrt der Sommer, sein frühes Licht, die Wärme vor der Hitze zurück. Die Dinge bekommen für Gregor wieder ihre Ränder. Ob Federn, Eier oder Blätter, Knospen um das Kolleg sind, wird vom Boot aus absehbar. Die Professoren glauben, aus der Vielfalt der Flora folge die Vielfalt der Fauna. Professor Anila sagt, dass beides eins ist. Tera leuchtete das ein, Alois auch. Anders Gregor, das Maßband, jeder Strich ist punktgenau.

Verfallen sind die Brücken über den alten Fluss. Über den neuen Fluss, den begradigten, werden keine mehr gebaut. Zwischen beiden macht hohes Schilf dicht, Front, fast undurchdringlich. Während Alice sich im alten Fluss an Gräbern, anderen Steinen ausruhen konnte, musste sie im neuen ihr eigener Fluss werden. Von Ufer zu Ufer, haltlos, allein. Zu schwimmen war das Gegenstück zur Umarmung. Sie musste an Land das Schilf, im Wasser das Wasser zurückdrängen. Ließe sie sich treiben, eins werden, *überlebst du nicht,* hatte Max sie gewarnt. *Pass auf, ich finde, du bist zu jung dafür.* Und er. Er schüttelte den Kopf. Ohne ihn hatte Alice beide Flüsse übersetzt, dann den höchsten Deich. Jetzt scheinen ihre Arme und Beine übergroß. Mit dem Rest ihres Körpers weiß sie nicht, was, wo anfangen damit. Die Ameisen, vor denen sie morgens aus der Hängematte floh, blieben bei ihr auf der Haut. Sie wurden mit ihr nass, leben noch.

Auf den Deich folgt eine Mauer, ein Kletterakt. Mit Gregor hatte sie jahrelang geübt. Jahre früher von der Mauer gehört, *die Wirbelsäule eines Krokodils,* beschrieb sie ein Lehrer. Stücke im Mauerwerk wie versteinerte Eier, die Alice vom alten Fluss, auch vom See her kennt. Andere Steine stehen wie schiefe Zähne heraus. An ihnen schürft sie sich die Hände auf. Zum Glück ist die Mauerrückseite glatt. Ihren letzten, tiefsten Meter rutscht sie blind, blutig hinab.

Als sie vom Boden aufsteht, schaut sie sich um. Ihr Blick über Felder über Felder lässt ihren Körper schrumpfen. Die Früchte, Erdbeeren, Spargel, Äpfel vor ihren Augen sind riesengroß. Ihre Farben, deren Leuchten, wie von Lampions einer sonst farblosen Nacht, aber es ist Tag. Was auf der Insel im Frühling, Herbst, reift hier im Sommer. Ein Wort, *schön,* kommt ihr über die Lippen. Dann verspürt Alice einen Hunger, ein Verlangen in ihrem Mund. Wie ein Jahr, wie noch gar nicht. *Wer bist du,* fragt sie einen Baum, seinen Apfel. Muster zieren die Rinde, die Schale, auch den Stiel. Als sie den Apfel ohne Antwort pflücken will, verheddert sie sich in einem Netz, bis zur Unkenntlichkeit fein. Sie reißt an den Fäden, zerreißt sie.

Warum isst du ihn nicht, Max war ihr also nachgekommen. Den Apfel in der Hand, dreht sie sich zu ihm um. Sie runzelt die Stirn, *ich glaube, er ist zu schön,* ist nur Farbe, Form, nichts will Alice mehr. Das wäre, ist bei anderen, ihr selbst gleich. Am meisten gefällt ihr ein Körper von außen, oder als inneres Bild. Als Bild, oder Bewegung. Nur die Oberfläche. Wenn sie könnte, würde Alice aussteigen, aus sich heraus.

Wenn Gregor die Truhe, ihr Holz, seine Jahre abtastet, glaubt er, sich an Alois' Kasten zu reiben, ihn zu riechen, und sie. Tera liegt versteckt unter ihnen. Nach dem Unterricht vorm Sonnenaufgang hat ihn Professor Anila wieder zum Gespräch auf die Truhe gebeten. Diesen Morgen geht es um das Windengewächs vorm Fenster, und wieder um Alois. *Deinem Freund gefielen die blauen Blüten, er malte sie oft. Aber diese Winde überwuchert schnell die Gärten,* selbst eine Eidechse, die ein Drache ist. Gregor nickt, schaut über die Schulter nach draußen. Blüten an jedem Zitronenbaumast, die Winde um jeden Zweig, der Stamm blau und grün, sagt er, *der Baum ist befallen, ich weiß.* Mit ihren Saugwurzeln entzieht die Winde anderen Pflanzen die Nährstoffe. Ihre Früchte werden rot. *Anders als andere verträgt sie Feuer nicht,* erklärt der Professor. Ihre Samen verbrennen zu schwarzer Erde.

Wo es anders nicht mehr geht, es noch andere Pflanzen, zu viele Samen derselben Art gibt, *dort muss ich also ein Feuer legen,* fragt Gregor nach. Professor Anila nickt, schaut ihm in die Augen, *vielleicht reicht große Hitze, viel Rauch.* Mehr als einen Inselsommer, die Stunde vorm Gewitter brauche es um den Zitronenbaum ein Feuer. *Lass dir von ein paar Schülern das Holz aufschichten.* Vor Hitze und Rauch werden einige Tiere aus dem Dickicht fliehen. Die Radspinne werde Räder schlagen. Und die Eidechse, ob Pflanzen überhaupt sterben. *Das glaube ich schon,* antwortet der Professor, *der Tod liegt aber nicht im Sterben.* Wo dann. *Im Stillstand, der Monotonie,* der Tod liege in einer Mehrzahl ohne Einzahl. Wieder lenkt er Gregors Blick zur Winde, *schön, nicht wahr, die blaue Stunde vorm*

Morgenrot, vorm Feuer die blauen Blüten. Das rote Boot im See. *Aber ich sehe überall Gesichter im Gewächs,* Alois, Tera, *mich selbst,* Gregor stutzt. *Das ist wahr, darin täuscht dich die Winde nicht. Wenn du sie anzündest, brennst du auch.*

Hörst du das Geschirr, Professor Anila springt auf, geht dann langsam aus dem Saal. Gregor verzichtet auf das Frühstück am langen Tisch in der Wiese, klopft aufs Holz. Der Deckel hebt sich nicht wie sonst von innen. *Tera, kommst du heraus, wir sind allein.* Als er die Truhe öffnet, liegt sie über den Büchern zusammengekrümmt. Eine Buchseite zerknüllt in der Hand. Haare übers Gesicht, Brust und Bauch bedeckt, *mir ist nicht gut,* flüstert sie. Er greift nach dem freien Arm, der Hand ohne Papier, sie schüttelt ihn ab. Statt die Haare zur Seite, aus dem Gesicht zu streichen, beginnt Gregor sie unwillkürlich zu Locken zu drehen. Tera lässt es einige Strähnen lang zu. Dann fragt sie, die Locken um ihren Mund, *wo ist der Direktor des Kollegs.*

Früher, vor Gregor, dem Morgen, den anderen, *war ich auf den Beinen.* In der offenen Truhe habe Tera die Bücher aufgeschlagen, ein Vorwort gelesen. *Als ich dich hörte, und die anderen, zog ich den Deckel über mir zu.* Statt Tag sei es noch einmal dunkler, *aber an der Truhe lag es nicht.* Oder an der Nacht. Sie schwenkt den zerknitterten Zettel. *Ich bin auf einen schweren Schatz gestoßen. Meine Familie, meine Vorfahren, wir haben keine Zeugnisse, was sie uns antaten. Seit wir ortlos sind, haben wir nichts Festes in der Hand.* Es gebe für sie kein Mahnmal, in keiner Stadt, *uns blieb nichts übrig, als weiterzuziehen, wie vor dem Krieg, wie seit Jahrhunderten. Wir haben die Zeit, aber keine Geschichtsschreibung. Was wir noch wissen, erzählen wir uns.*

Tera steht auf, setzt sich vor die Truhe, lehnt den Kopf ans Holz. *Aber von der Vergangenheit sprechen wir nicht gern. Weil sie auf Dauer den Gegenständen, den Orten gehört, nicht uns. Uns Nachkommen schon gar nicht.* Ausgesprochen im Wind, unterwegs, von Mund zu Mund löse sich Vergangenes zusehends auf, *es wird leiser oder verstummt.* Anders dieses Papier, *es bezeugt, dass wir Ortlose als minderwertige Menschen galten.* Dass sie als Gefährdung sowohl der Zivilisation als auch der Wildnis eingestuft, darum verfolgt wurden.

Das Vorwort im Buch hatte Gregor nie gelesen, er sinkt in die Knie, versinkt in den schweren Sätzen in Teras Hand, *das wusste ich nicht.* Die Kapitel zur pflanzlichen, zur tierischen Physiologie, zum Artenschutz seien unwiderlegt, unbedenklich, hatte ihnen der Professor gesagt. *Wissenschaftler verbrennen kein Wissen,* betonte er, inzwischen verstorben, er meinte die Bücher. *Lasst Moralurteile weg,* das Vorwort, ein altes Wort in einer Truhe, *lernt überblättern.* Tera streicht den Zettel glatt, *lies die anderen Seiten auch,* sagt sie, *die ganzen Bücher.* Es sei zu wenig, wenn sie sie nur für sich lese. Er nickt, greift zwischen die Bücherstapel. *Nein, Gregor, wir holen sie später. Bring mich zum Direktor.*

Über schmale, verschieden hohe Stufen stolpern sie hintereinander in den untersten Teil des Hauses, der unterm Wald liegt. In den Ritzen Moos oder Schimmel. Gregor kennt die Tür, den Mann dahinter nicht, klopft an. Tera macht auf. Sie treten auf Nadeln, Muscheln, kleine Skelette, Federn in schreienden Farben, Kot. Über ihren Köpfen Vögel, sie fliegen laut, in grellem Zug nach draußen. *Frischluft,* Tera stürzt zum Fenster, ein Loch, übergibt sich ins Wasser im See. An den Wänden, löchrig, erkennt Gregor einzelne Nester vom Frühlingsfest, Spinnen, Staub. Bleiche Zeit, wo früher frisches

Weiß, wer weiß, ein Einzug, ein Anfang war. *Die erste Direktorin war eine Frau,* erinnert er sich, worauf Alois beharrte. Ihr Porträt hängt wie über dem Bett seines Freundes schief.

Gregor neigt den Kopf zur Seite, wendet sich wieder Tera zu. Wie um sie besser zu hören. Sie sieht verändert aus. Statt einer Geschichte der letzten Jahrhunderte, erzählt sie, haben Ortlose die klare Vorstellung einer Vorzeit. *Fische und Vögel sprachen wie wir. Menschen konnten sich in Tiere verwandeln, und Pflanzen, und umgekehrt.* Sie hält inne, *der Mann im Vogel, er ist weg, weggezogen.* Gregor räuspert sich, *oder gestorben, hier lebt der Direktor jedenfalls nicht mehr.* Als er Tera in Richtung Tür drängt, hält sie dagegen, *lass mich los. Ich warte, ob er wiederkommt.*

Jeder Atemzug wirkt wie vorweggenommen, weitum leer, alt. Im grauen Licht hat Gregor keinen Schimmer, wie die Zeit vergeht. Die Sonne ein Schatten ihrer selbst. Ihn friert, *mich auch,* sagt Tera, als hätte sie ihn etwas sagen hören. Vom Boden umfängt die Feuchtigkeit von der Decke seine Beine. Sie zittern. Den Saum seiner Hose, zum Knie hochgerutscht, schiebt er wieder nach unten. Der Stoff wird nass, auch seine Finger. Die Schuhe stehen in einer Lache. Hastig zieht er sie aus. Klettert über einen Sessel auf den Schreibtisch, der auch feucht ist. Auf einem Teller liegen Pilze, getrocknet, wieder weich. Im Mund ein fauler Brei. Auf den ersten Blick konnte er sie zuordnen. Er blättert einen Stapel Skizzen durch, liest jede Notiz. *Knospe, um 15 Uhr. Um 18 Uhr, sie ist aufgeblüht. Eingegangen, 1 Jahr darauf. Ausgestorben.* Das Papier mit der Zeichnung wie ausgefranst. Seine Ränder, das Ende in Fäden. *Ein Wurzelgeflecht,* flüstert Gregor, *wiedergeboren.* Aus dem Bild, aus seiner Haut heraus. Zittrig betastet er unter

Kleidern seinen Körper, das Myzel. Sucht tief im Bauch das Loch, eine Lösung. Wozu sonst das Archiv wie ein Friedhof, das Kolleg und die Insel, die Truhe. Er schüttelt den Kopf, wühlt sich zum Fenster durch, erbricht.

Der Schwindel lässt nach, es muss schon Abend sein, oder Mittag. Rot, orange. *Vater,* flüstert Tera ihm zu. Gregor erschrickt, schaut übers Fensterloch hinaus. Im Seespiegel nur sie, und er, *was ich.* Sie beide, oder die Wellen. Schwanken, schaukeln. *Du wirst Vater.* Sie und er, *wer. – Du, Gregor.* Sie klammert sich an ihn, von hinten, von vorne. Beine, Arme, ihre Brust. *Du musst zu mir halten,* auf seinem Herz ihre Hand. Stille. Sie weckt ihn auf, wirbelt Federn, mit ihm quer durch den Raum. *Tanze mit mir.* Auf Festen habe sie getanzt, mit vielen, viele Stunden, *nie ist etwas,* sie stockt, *es war nichts dabei. Du warst nicht mein erstes Mal.* Er schließt die Augen, geht mit ihr mit. *Halt mich fest.* Das geht nicht. Als er aufschaut, sitzt auf Teras Schulter ein grüngelber Vogel. Sagt sie, oder er zu ihr, *steh zu mir.* Während beide sich drehen. Wo andere zu zweit, zu dritt, ist Gregor allein, taucht weg wie ein Fisch ohne Grund.

5

Sommer und Fieber. Max neben Alice in der Hängematte. Er war zu krank, um am Boden, sie nahm ihn zu sich auf den Baum. An ihrer Schulter spürt sie Nadeln, seinen Bart, den heißen Atem. Ein Feuer unter ihrer Haut. Als sie ihm die schweißnassen Kleider auszieht, gibt sein Körper nach, ohne aufzuwachen. Dabei streifen ihre Handgelenke, ihre Fingerspitzen über drahtige Haare. Auf Max' Brust, Bauch, oder bei seinen Hüften, Alice weiß es nicht mehr. Sie macht schnell, die Augen zu, wendet jetzt die Decke und klettert hinab.

Im alten Fluss wäscht sie die Kleider, auch ihre eigenen. Reibt die Stoffe aneinander, wringt sie aus, bis kein Tropfen, hängt sie auf. Dann regnet es. Zuerst von den Ästen, dann, als sie wieder im Wasser steht, vom Himmel in ihre Augen. Alice erinnert sich, wie sie früher ihre Arme in den Innenhof streckte. Aus dem Fenster, aus der Wohnung. Wie der Wind Tropfen in ihren Mund, wie sie gierig danach schluckte. Die Regenwolken überm Dach, den Rest der Stadt hatte sie sich anders vorgestellt. Als geballte Farbe. Triefendes Grün, Violett, tief rote, gelbe und blaue Einsprengsel. Mit diesem Bild lernte sie malen. Mit den alten Wasserfarben, sie gehörten Kindern, die Louise unterrichtet hatte.

Über den Riesenfeldern fiel der Regen auch bunt. Max verfiel in Panik. Sie rannten, kletterten, schwammen wie um ihr Leben, oder um seines. In der Nacht begann er zu fiebern. *War es dieser künstliche Regen, der Dünger,* fragte Alice. Er schüttelte den Kopf, *es sind die Mücken am alten Fluss,* er hielt inne. *Aber die Regenwürmer, die Vögel,* er redete wirr, wehrte zu trinken und zu essen ab.

Um seinen Körper die Decke, verschwitzt, regennass, steht Max vor ihr in ihren frischen Kleidern. Erstmals seit Tagen ist er auf den Beinen, wieder ein Gegenüber. Seine Wangen sind bläulich, die Augenlider violett. Seine Falten haben sich verästelt. Beide setzen sie sich, wo die Erde schon feucht ist. Zwischen ihnen der Stein ist gedeckt mit Fisch und Algen. Aus ihrer Tasche holt Alice den roten Apfel vom Feld, bietet ihn an, bittet, *du musst etwas essen*. Er nickt, beißt ins Fleisch. In seiner Hand noch den Apfel, legt er sich auf den Rücken, schläft im Regen ein. Angespannt nimmt sie wahr, wie die seit Tagen unverändert rote, glatte Kugel abweicht von dem Mann, der sie hält. Wie anders sie sind oder waren. Dazwischen mehr als ein Leben. Das Sterben. Unsterblich wirkte der Apfel. Seit dem Biss liegt er offen, wie verwundet, in der Welt.

Die Stirn ist heiß, wie sie heiß war, als ihre Hand auf Max lag. Sein Fieber ist ihres geworden, oder es ist der Sommer. Die Mücken. Sie schlägt um sich. Max am Boden, Alice mit dem Apfel in der Hängematte. Auf ihrem Schoß dreht sie die rote Kugel, bis der Biss nicht, dann kurz sichtbar wieder ist. *Schön warst du,* flüstert sie, *schön rundum*. Sie schmeckt daran. Zwischen ihren Schenkeln rutscht der Apfel tiefer, steckt fest. Gegen die Naht ihrer Leinenhose drückt sie ihn an der Seite, wo der Mund war. Die Lippen, Zähne, die Zunge eines älteren, eines jungen Menschen. Unter einer ihrer Hände löst sich der Apfel. Rollt auf und ab, über Knochen, eine Leere, die wehtut. Alice fährt zusammen. Rasch wirft ihre andere Hand den Apfel vom Baum auf den Boden.

Alice, hört sie eine Stimme wie aus der Weite, *wir müssen weg*. Sie hatte ihn vergessen, nicht fallen gehört. Den Regen, den Apfel. Max nimmt beides in den offenen

Mund. Wie früher als Kind spürt sie, den Kopf im Nacken, die Tropfen bis zum Hals. *Gehen wir, der Fluss tritt über seine Ufer.* Sie schluckt, steigt hinunter, *wohin.* Ein Haus, unter ein Dach. Die Stadt liege Wochen, Monate entfernt. Entlang eines Labyrinths von Wasserwegen sinken ihre Schritte in eine triefende Landschaft. *Früher fuhren hier Fischer auf Flachkähnen,* erzählt Max, zeigt, wie aus alten Netzen Moos wächst. Pflanzen vermodern mit Fischen, Krebsen. Wo die Erde mehr nachgibt als sonst, glaubt Alice, in ein Loch zu kippen. Kurz wird ihr schwarz vor Augen. Dann grüne Blätter, verdecken den Mann, von Schritt zu Schritt wie verrückt, geht er ihr voraus. Bäume springen nach rechts, wenn er links sich hält. Alice schwankt, geht in die Hocke wie ein Frosch. Sie weiß nicht, ob ihr heiß oder kalt, ob es ihr Schweiß, ihr Fieber ist oder das Wetter in ihrem Gesicht. Die Beine sind taub, die Hände auf den Knien glühen im Dunkeln. *Alice,* die Stimme ist nahe, ein Knistern in ihrem Ohr. *Gregor, bist du das. Dann hast du es also nicht verlernt,* gegen den Strom hat er sie eingeholt. Sie waschen ihre Hände. Ihm ist es ernst, sie lacht. *Gregor,* schwimmt er weiter, ohne sie. *Alice. – Max, bist du das. – Komm auf, Alice, du kannst dich auf mich stützen.*

Bald geht sie wieder von allein durch den Wald. Sie strengt sich an, hinter Max nicht zurückzufallen. *Zu Miras Haus gehen wir,* sagt er, *wenn ich es finde.* Statt einer Lampe leuchtet in seiner Hand ein Vogel. Es sieht aus, als hielten seine Finger ihn an den Federn, grün, gelb um den Hals. Ein rotoranger Kopf. *Wasser,* hört sie den älteren Mann sagen, *fürchten Menschen am meisten.* Am wenigsten habe Wasser einen Sinn für Ordnung. Es sei gegen Identität, Tradition. *Unbegradigt, ohne Deich und Graben sind Flüsse ein freies Spiel,* er lächelt, *den Vögeln ist das ziemlich gleich.* Alice nickt, *ich glaube, den Fischen auch.*

Die Schuhe lösen sich an den Sohlen auf. Ihre Füße. Ihr Gesicht bleibt heiß. Alice bückt sich, drückt die Stirn gegen einen nassen, kalten Stein. Moos zwischen ihren Brauen wie ein Bett. Als sie aufsteht, steht Max vor ihr, vor einer Hütte im frischen Schilf. Sie tauchen durch, bis zu den Stufen, einer breiten Tür. Das Holz ist überwuchert von Brombeeren. *Es wundert mich, dass es noch steht,* stellt Max fest, dass sie hier wachsen. Am Übergang von rot zu violett pflückt Alice eine Beere.

Das Bett findet sich in der Hütte schnell wie der Schlaf. Als sie aufwacht, sitzt Max neben ihr, neben einer toten Lampe. Hell, durchlässig ist das Fenster, sein Gesicht. Sie trinken einen Saft. *Fieberrinde, Chinin,* sagt er nur. Weiße Salbe an Zeige- und Mittelfinger wandert er von Stich zu Stich über Alice' Wangen, Hals, den Nacken. Unter der Decke, ihrem Hemd fährt sie selbst im Dunkeln fort. Ihre linke Hand beginnt zu zeichnen, dann mit ihrer warmen Innenfläche zu malen. Auf der Insel konnte sie sich nicht vorstellen, erwachsen, alt zu werden. Nur ihre Hände brachten es früher fertig, *wie fünfzig Jahre lang geschult,* lobte ein Lehrer ihre Bilder. *Dein Blau,* meist im Hintergrund, *ist alt und wahr.*

Den Regen von draußen halten die Holzwände ab. Nicht den Wind, wie ein Geist tritt er ins Trockene ein über die Ritzen im Rücken. *Wer ist Mira,* fragt sich Alice, als Schritte in der Nähe, *wo ist Max.* Ob die Frau und der Mann zusammen sind. Die Nachttischlampe trägt sich schwer ohne Licht, lässt den Boden knarren wie unter den Schritten im Kolleg. Alice klammert sich an Gegenstände im Staub. Einen Sessel, Nüsse. Ein schiefer Tisch,

Töpfe, ein Glas Marmelade wie in der Hütte am See. *Mutter,* kommt ihr über die Lippen, es war Winter, gefroren. Diese Kirschmarmelade, die süßer riecht, schmeckt im Mund bitter nach Brombeeren.

Als sie weitergeht, im Zimmer wie im Kreis, sieht sich Alice, von Kopf bis Brust, vor sich stehen. Sie hält inne. Weiße Flecken in ihrem Gesicht. Ihre Haare, ein Gespinst. Ihre Lippen, Brombeeren. In ihrem Hals ein Riss ins Blaue. Blut an ihren Fingern, ist sie selbst schuld daran. Auch als Alice gefällt sie sich nicht. Ihre Hände zittern, als sie die Arme wieder weg von sich im Spiegel streckt. *Pass auf,* hört sie ihre Stimme laut, *dieses Spiegelbild ist gebrochen.* Ob er das nicht sehe. *Den Spiegel sehe ich,* antwortet Max. Gebrochen sei nicht das Bild, sondern das Glas. *Ich glaube, das gehört zusammen,* sagt sie. Er zieht sie weg, zuerst ihre Hände. Dann an ihren Schultern zum Sessel hin. *Alice, ich sehe dich anders als der Spiegel.* Wie. *Im Fluss sehe ich dich. Wie du mir davonschwimmst. Dann spüre ich auch die Wellen. Ich glaube, diese Wellen im Fluss gehören zu dir.*

Er berührt sie nicht, sie schaut ihn nicht an. Gregor sieht blaue Blüten unter ihren Haaren, Tera hält ihn vor der Tür am Arm fest, *bleib bei mir.* Er muss los. Die Stufen in den Garten scheinen endlos. Im Himmel Sonne und Mond. Sommer. Nächte, in denen zwischen ihrem und seinem Körper ein Kind ist im Bett. Sie liegen, es steht auf, steckt in einem Mantel bis zum Bauch. In aller Früh wächst das Kind über sie hinaus. Unter Teras Brüsten wölbt sich der Himmel und Gregor vergräbt sich.

Vor dem Zitronenbaum schichten Schüler Holz, filziges Gestrüpp zu einem Haufen auf. Andere helfen Gregor, das Windengewächs von der Eidechse, den Stämmen, Ästen, aus der Erde zu lösen. *Haltet die Blätter auseinander,* ermahnt sie Professor Anila, meint grün von grün, pflückt eine gelbe Frucht. Trotz Windenwuchs groß geworden, vermisst Gregor die Zitrone. In der Sonne in der Luft leuchten die Blätter wie Kerzenwachs. *Zündet den Haufen an,* sagt der Lehrer, steckt wie nebenbei Papier zwischen das Holz, streut Samen darüber. Wo früher die Wiesel und Mäuse, früher die Füchse sind im Rauch jetzt Spinnen, Ameisen und Eidechsen, auf der Flucht vorm Feuer, dem Tod. Nicht Tod, Sterben meinte Professor Anila. Gregor will weglaufen, wie sein Vater. *Er machte sich aus dem Staub,* sagte seine Mutter. Was er selbst als Kind nicht verstand, scheint auf einmal das Nächste, das Beste für jedes Kind, das seines wäre. Wie ein Naturgesetz, ein Kind ohne Vater wird ein Vater ohne Kind. Aus Missbrauch wird Missbrauch, wenn er nicht geht oder Tera ihn verlässt. Sie sitzt tagelang im Keller, wartet auf den Direktor, *er ist mein Vater, und du bist.* Und er war. *Ist das wahr.* Sie nickte, *er machte sich aus dem Staub.*

Wie Papier brennt das Holz. Der Mond ist weg. Gregors Kopf glüht. Das Kind in Teras Bauch macht Vorwürfe. Es mag ihn nicht, nicht die Angst, die Zweifel, die Verwirrung. Nicht den Vater, keinen Mann mit Geheimnissen. Namenlos ist das Kind, ohne Gesicht haften die Namen nicht. Seine Stimme ist wie ein Alarm laut, schreit wie das Feuer zum Himmel. Gregor hält sich die Ohren zu, geht in die Knie. Für einen Moment wird es um die Winden, wie sie mit anderen Pflanzen verbrennen, windstill auf der Insel im See. Die Zeit geht ins letzte Netz der Spinne. Dann zucken die Blätter wieder, die Bäume im Wald der Insel. Keine Nadel hält mehr still. Er lässt Professor Anila, die Schüler zurück, rennt zum See mit seinen Wellen im Wind. Seine Hände wäscht er, seine Füße, den ganzen Körper, um eine Insel zu werden. Im Wasser jede Beziehung aufzulösen. Zum Kind, das er war. Dem Kind im Werden. Im Leben konnte sich Gregor nicht dafür, also entscheidet er sich dagegen. Und geht.

Es ist Morgen und hell. Ihre Hände greifen aus dem Fenster, ob es noch regnet überm Schilf. Als Kind am Balkon streckte Alice am Abend ihre Arme weit in den Innenhof. Die Nachbarn schliefen, auch Louise. Ob hinter den Häusern Gregor mit seiner Mutter spazierte, auf der Straße, mit nassen Haaren. *Nass oder nachts sehen Haare gewaschen aus,* sagte er oft. Alice wollte im Regen, zumindest im Wasser stehen. Wie die Figur im Brunnen im Innenhof, sie hatte Flügel. *Das ist ein Engel,* erklärte Louise. *Das will ich auch sein.* Louise schüttelte den Kopf, *Engel sind tot, Alice.* Engel sind aus Stein. Aber nass, und in der Luft.

Alice steigt nach draußen, kriecht durchs Schilf. Unter Sohlen Wasser, im Gesicht Tropfen, warm und kalt. Von Max keine, nur eine Vogelspur im Moor, sitzt er unter einer Birke. Sie setzt sich zu ihm. *Schau,* flüstert er, *der Vogel ist unendlich.* An Hals und Kopf kahl, sonst schwarz, räumt der Vogel Blatt für Blatt aus dem Weg, ins Schilf. Darüber ein zweiter Vogel, auf einem Ast. Der erste schreit, tanzt, hebt seine Schwanzfedern. Darunter grünes Gefieder, wie im Frühling. *Mit seinem Schwanz hat der Vogel das schönste Blatt im Wald,* sagt Alice. Max nickt, *jetzt schon.* Die Vögel paaren sich im Sommer.

Blätter aus dem Vogelschnabel trägt Max zur Hütte. Vor der Tür liegt ein Bleistift, Papier. *Willst du sie nicht zeichnen,* fragt er sie. Alice schüttelt den Kopf. *Dann siehst du sie erst,* fährt er fort, *dann sind die Blätter für sich nicht tot.* Ob sie, jetzt nimmt er selbst den Stift, das kennt, *wenn eine Zeichnung ausfranst.* Nicht nur das Papier, auch die Zeichnung selbst. *Ich glaube nicht.* Er nickt, *was braucht es,* frage er sich, *dass eine Art, oder unsere Schritte, unendlich werden.* Auf das Holz der Hütte zeichnet er ein Krokodil, *es ist ausgestorben.* Seine Eier versteinert im See, Fluss, ragen aus Mauern in die Luft. Mit ihren nassen Händen verwischt Alice die Striche am Holz, dann unwillkürlich die Falten in Max' Gesicht. *Gegen das Aussterben hilft kein Abzeichnen,* sie betastet jetzt sich selbst um Augen, Mund. *Von außen,* glaube sie, *sind wir nie nur für uns.* Also sei leben, sterben relativ. Das Ganze pflanzt sich fort, das Individuum, die Art stirbt aus. *Unendlich an mir selbst ist höchstens mein inneres Bild.* Wie sie sein will. Der Rest, jede Beziehung sei ein Eingriff.

Alice beißt sich auf die Lippe, stellt sich vor, wie sie sagt, *küss mich, Max, und mach, dass der Abdruck mit der Zeit weggeht.* Weniger will sie mit ihm, anderen, als mehr für sich sein, werden wie sie selbst. Was sie draußen sehen, zeichnen könnte, ist immer schon ein anderes, vermischt. *Seine Federn sind gefallene Blätter,* sagt sie, *den unendlichen Vogel gibt es also nicht. Auf deine oder meine Schritte, die Zeichnungen, Max, kommt es nicht an.*

Wo das Krokodil war, oder seine Zeichnung, klopft Max an. Als wäre die Hütte nicht verlassen, wie vor einigen Tagen, seit Jahren. Tatsächlich geht die Tür von innen auf. *Mira,* grüßt er, bückt sich, drückt die faltigen Hände der Frau. Sie küsst ihn auf die Wangen, schaut Alice in die Augen. *Ihr seid wie die Brombeeren. Ihr erinnert mich, dass das Haus nicht mir gehört,* sagt sie leise. Am brüchigen Spiegel, oder ihren Bildern, vorbei gehen sie zum Tisch. Durch den Raum wächst ein Baum, vom Boden zur Decke, war er Alice bis jetzt nicht aufgefallen. *Lebt der Baum noch,* fragt sie. Aus einer Mulde im Stamm holt die alte Frau Vorräte, erklärt, *der Baum hält die Hütte aufrecht.* Die Feigenbäume auf der Insel fallen Alice ein, wie sie inzwischen die Mauern des Kollegs mittragen.

Auf dem Tisch rote Beeren, Fische, gepökelt, andere geräuchert, fragt sie, *darf ich auch, bitte*. Spürt gleich darauf, auf ihrem Mund, den Zeigefinger der Frau, *sag nicht bitte, das sind Geschenke,* sie zeigt zum Fenster, *von draußen. In meinem Schoß schwimmt kein Fisch. Keine Beere reift, weil ich sie bitte*. Als Alice einen ersten Bissen, liegt ihr auf der Zunge, *danke,* sie schluckt, fühlt sich mitverantwortlich. Wie ins Wasser versetzt, wo ein Fisch für sie gestorben, während sie mitschwimmt mit anderen, den Fischen, Schnecken, den Muscheln. Sie gehört dazu, als Beere im Strauch, im Wald ein Vogel. Langsam zerkaut sie das Fleisch, hört, als sie fast satt ist, auf zu essen. *Weißt du, wie es meinem Kind geht,* fragt Mira. Max schweigt. Alice schüttelt den Kopf. *Fast hätten sie auch mir mein Kind weggenommen,* erzählt die Frau. *Viele Eltern, Fischer wie ich, zogen in die Stadt. Ich bin die letzte. Wenn ich sterbe, hält kein Baum mehr stand.*

Die Hände der Frau führen Alice vom Tisch zum Baum in der Mitte der Hütte. Mit einer Wange streicht sie über die Rinde, das Moos, wie über einen Bart. Mira lächelt, *den Baum kenne ich besser, länger als jeden Menschen. Ich weiß, wie er war, als ich größer war als er, als Kind. Früher bildete ich mir ein, dass ich ihn fester mache.* Andere Menschen, selbst Maschinen könnten ihm nicht viel anhaben. *Aber ich bin müde und steinalt*. Beide gähnen sie. *Mein Kind war ein gutes Kind. Deinem Freund,* sie zeigt auf Max, *der beste Freund. Sie konnten sich einbilden, eine Insel sei die Welt. Eine Zeichnung, die Wirklichkeit. Für einen Baum hätte mein Sohn einen Wald verbrannt*. Die Ellbogen auf den Tisch gestützt, verzieht Max keine Miene. Seinen Kopf legt er auf den

Armen ab. Alice schafft es nicht, ihre Augen offenzuhalten. In der Baummulde habe ihr Sohn früher geschlafen, hört sie Mira sagen. Tastend setzt sich Alice in den Baum, krümmt sich zusammen, bis auch ihre Beine, die Füße, die Zehen. Ihr letzter Gedanke, wie eine Wendung, *wer Geister sieht, versteht ihre Sprache,* dann schläft sie ein.

Halb im Baum, mit dem Kopf, den Armen, halb auf dem Boden, mit den Beinen, wacht sie auf. Ihren Bauch am Stamm. Alice spürt Staub, oder Sand, im Mund, an den Sohlen, als sie aufsteht. Am Stamm ihren Rücken. In ihrem Rücken Max am Tisch. Von Mira keine Spur. Die Fenster sind rot, stellt sie fest, als sie näher kommt. *Die Hände auch,* als sie ein Fenster öffnet, angestrengt wieder zudrückt. Draußen geht ein roter Wind. Die Erde, die er trägt wie eine Wand, zerbröckelt unter Fingernägeln zu Sandkörnern. Staubtrocken fallen sie zu Boden. Alice unterdrückt ein Husten, einen Schrei. Feucht und grün, wie es war, als sie es im Fieber betraten, wirkt das Moor jetzt wie eingerostet. Ein grünes, das scheinbar schönste Blatt im Wald ist verschwunden.

Für ein Sichtfeld bläst sie aufs Glas, als könnte sie von drinnen dem Wind, seiner Erde trotzen. Etwas bewegt sich. Ein rotbrauner Hase, vielleicht weiß, sitzt geduckt unter den Brombeeren am Holz. Putzt sich, vergeblich, macht einen Buckel wie eine Katze. Alice holt ihre Sachen, lässt Max schlafen. Dann öffnet sie das Fenster, taucht, die Hände vor den Augen, hinaus. Der Hase stellt seine Ohren auf. Seine Starre ist ein Zittern, dauert an, während sie auf den Knien zu ihm kriecht, ihren Arm anhebt. Kurz berührt sie sein Fell im Sand, vom Wind leicht gebläht.

Alice rennt dem Hasen nach, behält den Schwanz, unverfärbt weiß wie die Birkenrinde, im Blick. Seine

Haken, kreuz und quer. Wirr macht der Wind, aber nicht müde, weiter wegzurennen. Wo sich der Rost tiefer in die Landschaft frisst, sinkt sie fast nicht mehr ein. Sie hat Durst. Birken in schrägen Reihen führen einen Hügel hinauf. Oben ist der Hase weg. Unter ihr Sand schaut Alice im Liegen in den Himmel über ihr. Sonne und Mond sind zu zweit. Im Vergleich scheint der Mond größer.

An den Hügel grenzt, was grenzt an eine Wüste. Vereinzelt Bäume, liegen in Stücken. Ein Vogel mit roter Franse klopft mit seinem Schnabel gegen Gerippe verbrannter Pflanzen. In den Wind mischt sich Rauch. Seine Feuer sind schwarz und tot wie das Holz. Große Maschinen stehen ohne Boden, sie haben ihn aufgebrochen. *Bodenschätze,* erinnert sich Alice, was auf der Insel erzählte wurde, *und Weidefläche, und Ackerland.* Auf der Suche nach weißem Schwanz, roter Franse, läuft sie gegen die Windstöße an. Sie stolpert über einen Kaktus, wo nichts anderes mehr wächst, blüht er violett. Erstmals seit ihrem Aufbruch im roten Boot bereut sie es. Dass sie keine Stifte einpackte, kein Papier. Gregor wäre erpicht. Für ihren Freund lohnte sich zu zeichnen, was übrig ist.

6

Ohne den Fluss als Weg, ohne mehr Wasser war sie verloren. Sie wusste nicht, ob sie noch unterwegs war in die Stadt. Ob Max oder die Insel hinter ihr lagen. Max ist die Insel im See. Er ist der Direktor des Kollegs. Seit der ältere Mann selbst vom Zeichnen, die viel ältere Frau von der Einbildung zweier Freunde sprach, ist sich Alice sicher. Sie will nicht zurück. Endlich Regen. Seine Rinnsale in der wüsten Landschaft halten sie am Gehen. Bis es hagelt und sie wieder rennt, innehält. Gewitterwolken als eine Palette Farben in der Luft. *Komm mit,* schreit ihr jemand zu. Rechts und links tauchen Menschen auf, und Hunde. Sie haben ein Ziel, *dort, das Haus, dort sind wir sicher.* Für die Augen wie durch Schnee waten sie zu einem Gebäude in der Ferne, langgezogen, mit rotem Dach. Für die Stirn fallen die Hagelkörner wie Kies, sie höhlen den Nacken. *Halte durch,* sagt Alice sich selbst, sich nicht hinzulegen, liegen zu bleiben, wenn der Himmel blitzt.

Das Steinhaus, *es war früher ein Bauernhof,* wirkt wie eine Höhle. Aus Holzlatten wurden Halbstöcke eingezogen. Die grüne Haustür stehe durchgehend offen. *Wir feiern Geburtstag,* sagt ihr ein Mann, der Gregor gleicht. *Wer hat Geburtstag,* fragt Alice. Er zuckt mit den Schultern, *bei vielen Leuten hat immer jemand Geburtstag im Haus.* Sie runzelt die Stirn, *vielleicht ich. – Das weißt du nicht. – Nein.* Eine Frau knüpft einen Schal um Alice' Handgelenk, raunt, *sei, wer du scheinen möchtest. Wir helfen dir.* Über Treppen, Leitern führt sie sie in ein Zimmer unterm Dach, mit anderen Frauen, in bunten Kostümen. Ein blaues, löchriges Kleid hängt an einem Spiegel. *Zieh es an, wenn du magst,* als kennte sie ihre Lieblingsfarbe. *Vergiss die rote Wüste draußen, setz dich.* In einem Sessel vorm Spiegelbild, im Kleid vermeidet Alice, ihr Gesicht anzuschauen. Sie fixiert ein Bild an der Wand, ein Meer und Himmel in Blautönen. *Findest du es schön,* fragt die Frau mit dem Schal zwischen Alice' und ihrem eigenen Handgelenk. Alice nickt, *etwas klingt in dem Bild,* sie stockt, *ein Farbklang, das ist selten.* Selten treffe es gut. Der fliegende Fisch im Bild habe keine Artgenossen, erzählen ihr die Frauen. *Früher schon,* fragt sie nach. *Ja, früher schon.*

In der nächsten Stunde ist der Spiegel, ihr Gesicht eine Leinwand. Haut oder Glas wird übermalt. Die Linien sind verschlungen. *Wir übertreiben oder lassen es bleiben.* Das Ganze sei nicht im Rahmen, *aber du bist es schon.* Alice macht die Augen zu, *seid ihr sicher, ist es nicht umgekehrt,* dann wieder auf. Kopfschütteln, *natürlich nicht.* Als sie fertig sind, *schau dich an.* Unwillkürlich lächelt ihr Bild. In ihrem Ohr ein Flüstern, als sie zurück nach unten, wo es laut ist, *schon ungeschminkt warst du schön. Gefehlt hat, dass du dich freust.*

War das eine Maus, im Flur an ihnen vorbei. Die Frauen lachen. *Eher ein Hase, wäre es ein Maus, eine Ratte,* sie zögen auf der Stelle aus. *Wem gehört das Haus,* fragt Alice. Eine Frau, grüne Finger, die Fingernägel an den Schläfen, gibt zur Antwort, *niemandem, auch dem Hasen nicht.* Eine andere ergänzt, *die Erde in Besitz aufzuteilen ist verrückt.* Sie treten in ein Zimmer mit einem gedeckten Tisch. *Teezeit,* ruft der Mann von vorher. Alice greift um eine Stuhllehne, *ist der Platz besetzt.* Der Mann verneint, *wir lösen Besitzverhältnisse in der Regel auf.* Rückt ihren Stuhl zurecht. Als sie sich setzen will, schiebt er seinen Arm dazwischen, *du kannst auch woanders sitzen.* Wo denn, kein anderer Stuhl sei frei. *Siehst du die Kissen,* auf dem Boden, *die Kommode, sie ist bequem, wenn du dich anlehnst.* Er hebt die Tischdecke, unterm Tisch ein blauer Teppich, *ich finde, er passt zum blauen Kleid, das du trägst.*

Am Ende liegen sie einander unterm Tisch gegenüber. Beide haben sie den Kopf auf die Hände gestützt. Den Tee trinken sie aus staubigen Tassen, *hier nimmt selten jemand Platz,* erklärt der Mann. *Magst du Wein.* Sie nickt, *Rotwein.* Er schüttelt den Kopf, *aber nicht auf diesem Teppich.* Alice dreht sich auf den Rücken, *auf mir könntest du die Flasche abstellen.* Früher balancierte sie am Morgen eine Teekanne durch den Garten. Den Wein trinken sie aus den Tassen. Wer die Menschen hier seien. *Frag besser, wie wir sind.* Wie. *Ortlos, freiwillig oder unfreiwillig. Die meisten kinderlos. Früher reich oder arm. Wir sind verschieden,* fährt er fort, *unser Sprechen ist es auch, verstehst du mich.* Alice nickt, *ich glaube, ja,* schaut sich um, Schuhe, Füße. Ein Paar erkennt sie, schließt vom Leder auf ein braunes, auf ein Sonnenauge. Sie erschrickt, Max sitzt am Tisch.

Sieben Mal schlägt die Standuhr. *Ich hasse die Zeit,* sagt der Mann auf dem Teppich, *zum Glück gehört sie mir nicht mehr. Du musst laufen, um auf der Stelle zu bleiben.* Ob ihr der Satz bekannt vorkomme. *Vom Fluss her,* erinnert sich Alice, wie sie, um nicht abgetrieben, in Bewegung blieb, *kenne ich den Satz,* oder seine Bedeutung. Ob er den Fluss zitiere, fragt sie. *Nein, die Erde zitiere ich und ein Buch.*

In die Gespräche mischt sich Musik. Alice kriecht unterm Tisch hervor. Nach Max dreht sie sich nicht, sondern im Kreis wie im Schwindel, als sie tanzen, wie in ihr selbst. Frauen, Männer. Ihre Kleidung gibt Schritte vor, fliegt, als ginge ein Wind im Haus. Hände, andere, ihre eigenen, legen den Stoff in Falten, wie zu einem Gebirge, das wieder einbricht. Das Tanzen ist, als zeichneten sie sich im Raum. Ihre Gestalten, die

Schlingen, die Kanten ihrer Kleidung, die ihrer Gesichter. Wenn sie einander um Hals und Hüfte, übermalen sie die Enden, die eine Illusion waren. Sie hielten sich schon früher, im Geheimen, im Arm. Sie, die anderen. Unbewusst standen sie im Kreis, der eine Kugel ist.

Im Wasser umgibt ihn im roten Boot eine Landschaft. Als spiegelten sich die Gärten der Insel, obwohl Gregor sich schon zu weit entfernt hat. Winde, Vögel schneiden das Wasser wie eine Wiese in Felder und Beete. Es ist warm, in der Tiefe wäre es kalt. Im Winter war es umgekehrt, oben gefroren. Unter einer weißen Wolke gleicht ein Feld im See der Eisschicht damals. Alois lief über den See, Gregor wartete am Ufer der Insel. *Komm schon,* rief sein Freund. Er wehrte ab, *wenn es bricht, gehe ich unter. – Ich auch.* Wieder wirkt die Sonne wie ein Feuerrad, innen Himmel, eine Leere. Zerfällt die Sonne, wird es heiß, meinte Tera. Auf Dauer kalt, glaubt Gregor. *Das Eis ist fest, lauf schon mit,* sagte ihm Alois, zog ihm die Schuhbänder an, für den Untergang.

Das Boot gleitet jetzt über ein dunkles, fast schwarzes Feld. Am Seeboden liegt eine Leiche, denkt Gregor. Eine zweite liegt im Fluss. Die dritte Leiche, er, als Junge, junger Mann dazwischen. Das Tiefenwasser am Grund ist glasklar, sagt seine Erinnerung. Er sieht sich am helllichten Tag liegen. Im guten Licht hat sich eingeprägt, wie die Männer sich auf ihn legten. Er konnte zuschauen. Aus dem Augenwinkel, wenn er auf dem Bauch lag. Geradeheraus, auf den Rücken gedreht. Bei dem Gedanken ist Gregor erregt, sein eigener Körper führt ihn hinters Licht. Druck, Schweiß, Gerüche gegen seinen Willen. Schmerz, eine Schuld im Dunkeln. Als hätte er gewählt. Im engen Durchgang zwei Männer, nackt. Dazwischen Jahre, ein Fluss, 700 Kilometer lang, keinen Meter breit. Er zwängte sich durch, ließ sich treiben. Sah er dem ersten von vorne in die Augen, umfasste ihn von hinten der zweite Mann und es fing von vorne wieder an. Über Wasser eine Stadt, die Insel, der Unterricht und ein Mittagessen, ging Gregor selbst unter, am helllichten Tag. Niemandem fiel es auf. Seine Kleider waren nass, sind verschwitzt. Er fürchtete den Faden, der heraussteht. Den losen Faden. *Mit deiner Geschichte stimmt etwas nicht*. Oder dass jemand sagte, *was ist mit dir, Gregor*. Sein Name klang schwer danach.

Neben ihm im Boot zittert das Café-Marron-Kraut, es ist wie seine Wangen feucht an den Wurzeln. Gregor zog es unter Steinen aus dem See am Ufer, wusch seine Hände. Sie trocknen nicht, der Sommer ist in Unordnung. Um die Insel besitzt das Kraut keine Verwandtschaft, kein Potenzial. Es ist das letzte seiner Art. Eine Blüte, die träumt von dem Baum, der sie ist. Ähnlich hat es Alois früher formuliert, dabei ging es dem Freund eher um sich selbst. Der Fluss und der See waren nicht genug. Wo das Wasser hängt, fällt, glaubt Gregor, geht es bis ans Meer.

Hohle Hände reichen eine Schere durch. Sie schneiden Fetzen aus ihrer Kleidung, reichen sie weiter. Wo es blau war an Alice' Schulter, ist es jetzt grün oder gelb. Um ihre Fußgelenke Hemdknöpfe, ein steifer Kragen. Ihre Schultern nackt, jemand malt sie an, *magst du Flügel.* Die Luft im Raum ist mehr wie Wasser, widerständig. *Nimm deine Arme,* um zu tanzen, um weiterzuschwimmen.

Musik, wie Luft atmet sie sie ein. Dann ist sie unsicher, *hört ihr sie noch.* Ein Flüstern in ihrem Nacken, *sie ist in dir drin,* dreht sie mit sich. Alice hält inne, *die Musik oder ich,* die Frau, oder die Formen, die sie sucht. *Wie bin ich für mich,* sie ist betrunken, *und vieles oder das eine. – Alles,* hört sie aus der Menge, aus dem Bauch heraus. Mit dem Nachsatz, *aber vor allem bist du das, was du betonst.* Alice steht auf Zehenspitzen, noch, als sie am Rücken, unter Stofffetzen jeder Art, am Boden liegt. *Dann lieber Flossen,* die Schuppen malt sie sich selbst auf die Füße.

An die Kommode gelehnt ruht sie sich aus. *Sind deine Haare rot,* fragt sie den Mann, der Gregor ähnlich sieht. *Von mir aus, ja.* An ihren besten Freund erinnere er sie, *ihm rutscht oft die Hose an den Beinen hoch, wie dir auch.* Bei ihm sei das Hosenbein aber abgeschnitten, *schau, es hängt um meinen Hals.* Alice nimmt es, schiebt es über ihren Arm, wo die Flügel waren. Wieder ist sie unsicher, *verfremde ich mich. – Um zu verfremden,* er lacht, *müsstest du deinen Arm abschneiden. – Oder meine Füße,* sie denkt an ihre Flossen. Wie er heiße. *Mein Name hat die Runde gemacht, von Mund zu Mund. Also gab ich ihn auf. Mit dem neuen lasse ich mir Zeit,* ohne Namen werde weniger geredet über ihn. *Wenn du magst,* flüstert sie, *gebe ich dir meinen alten, Alois.*

Wie ihn Gregor aussprach, gefiel ihr der alte Name, mit langer Betonung auf dem Anfang. Das Ende tauschte sie zurück. Von Alois zu Alice, wie Louise sie genannt hatte, war es ein Mittelweg, einen Fluss entlang. Im Sitzen beobachtet sie die, die tanzen. Ab und zu blitzt blauer Stoff auf, *von dem Kleid, das nicht meins war,* hängt ein Streifen über einer Stuhllehne am Tisch. Im Hintergrund Gewitter, hinter angelaufenen Fenstern. Wie in einem Gewächshaus auf der Insel kommt sie sich vor. Während Gregor das Chamäleon, abwechselnd Baum und Blume, musste Alice sich verstecken. Sie versetzte seine Schritte um Meter ins Gestrüpp. Wäre sie hinaus, ihm in den Weg, wären seine, ihre Gesten ineinandergeraten. Sie hätte ihn überrumpelt. Wie er die Pflanzen, hätte sie ihn abgetastet. Sie wüsste jetzt auch, wo er anfängt, ohne zu wissen, wo er endet.

Seine Beine sind verschränkt, dann seine Hände, seine Arme. Ein Krampf. Lose die Ruder. Das Boot schaukelt, dreht sich. Wasser, Wind reißen es in verschiedene Richtungen. Am Hinterkopf spürt Gregor einen Zug, Druck im Nacken, als hingen seine noch an Teras Haaren fest. In seinen Ohren sucht er Frösche, in seinen Augen, im Mund die Feigen. Den Frühling über sind Frösche weit hörbar, waren es auch, als er Tera bei den Nachtkerzen fand. Im Sommer werden die Feigen süß, sind es schon. Wären es noch, säßen sie auf dem Dach zu zweit an einem Zopf aus Haaren. Zu dritt. Sein Rücken an ihrem Rücken, ihr Bauch rund. Wie im Sturm macht sich der See im Boot breit, steigt an. *Schau nicht zu den Wolken,* das war Teras Stimme. Sie taucht unter ihm durch, vor ihm auf, *schau auf mich. Und zum Boden,* das Wasser sei klar, *los*. Wo sie auf einmal herkomme. *Von der Insel natürlich, wie du*. Aber ohne Boot. *Das stimmt, Gregor.* Sie tauchen nicht weit und er sieht bis zum Grund. Von einem Wurzelstock entlang des Stängels, breit wie sein Handgelenk, länger als sein Körper, folgt er Tera wieder zu den Blättern an der Wasseroberfläche. Eine Blüte. Eine Art Seerose, wie sie scheinbar schwebt, hat sie Halt im Boden.

Mir ist diese Seerose nicht aufgefallen, sagt er, als sie im Boot im Wasser sitzen. *Du bist wie blind gerudert,* antwortet sie, *blind, außer für die Wolken,* ihren Spiegel. *Blind für mich,* sie hält inne, *du bewachst Geister, Gregor, oder sie jagen dich, gib es zu*. Es seien, er räuspert sich, Gedanken, die Vergangenheit. *Das sind Geister,* solange er nicht über sie spreche. *Ich kann nicht*. Tera wehrt ab, *dann schreib sie auf.* Er stutzt, *ohne Papier.* Sie schüttelt den Kopf, *auf der Insel. Fang sie auf, schreib sie ab. Es ist wie eine Zeichnung. Vermiss die Geister, Gregor, mach sie nachvollziehbar. Gib ihnen ein Gewand.* Sie meine, eine Gestalt. *Eine vage Grenze, sonst verdecken sie den Rest, das um dich herum, die vor dir.* Tera steht auf, *schau auf mich.* Auf ihrer Schulter landet ein Vogel. Die Tropfen an ihrer Haut, in seinem Gefieder glitzern. *Ich nenne ihn Direktor. Den Namen Vater hat der Vogel nicht verdient.* Er fliegt weg.

Magst du, er stellt sich ihr gegenüber, schaut sie an, *meine Hand an deine Wange legen,* wo ein Blatt, eine Feder hinterm Ohr steckt. Sie nickt. Er nickt auch, als sie fragt, *magst du es, wenn ich dich berühre.* Ihre vier Beine verwurzeln sich ineinander. Sie halten sich, schweben im See im Boot, im See. Sie sucht ihren Vater, er das Kind, das er war. Als läse sie seine Gedanken auf Papier, flüstert sie, *du bist selbst ein Vater, das ist,* sie reibt über ihren Bauch, *unser Kind.* Wer weiß, wo die anderen, ihr, sein, für den Moment wirken beide klein oder zu groß im Vergleich.

Letzte Regentropfen waschen aus ihrem Gesicht die letzte Schminke, auf Alice' Handrücken der Rest verschmiert. *Du bist blass,* sagt eine Frau neben ihr. In einer Lache, die sich im roten Boden sammelt, spiegelt sich Alice dunkel, der Morgen hell. Mit beiden Händen greift sie ins Bild ins Wasser. Sie glaubt, Kaulquappen an ihren Knöcheln zu spüren, das Kitzeln wie im alten Fluss, im See, im Teich auf der Insel. Schlick. Algen. Tatsächlich, als sie die Hände aus der Lache, hängen an ihren Fingern grüne Fäden. Sie legt sie über ihre Ohren, hört Frösche in ihrem Kopf.

Sie schaut auf, späht zwischen Hunden, Menschen in der Nähe auf die weite, karge Landschaft. Bäume sind Gerippe. Ein Blatt leuchtet grün, *das schönste Blatt,* murmelt Alice, schaut sich um, ob Max, ein Vogel, ein zweites Blatt in der Luft. Sie streift entlang der Steinmauern, Spuren von Händen, auf die andere Seite des Hauses, erschrickt. Blauer Nebel, dicke, violette Schlieren erfüllen weiter weg den Raum zwischen Himmel und Erde. *Was passiert da,* sagt sie mehr zu sich selbst. Jemand antwortet, *dort sind Blumenfelder, Rosen. Sie werden eingefärbt, mit buntem Pulver beschichtet.* Warum. *Es scheint, der Markt mag violett, zumindest jetzt. Nächste Woche, wer weiß, orange.* Der Markt, *du meinst, die Leute.* Das Geschäft mit ihnen, das meine er. *Euer Geschäft, meinst du.* Der Mann räuspert sich, *nicht mehr. Das Pulver vergiftet den Boden, das Wasser.* Pflanzen, Tiere, denkt Alice. *Das Leben,* hört sie wie ein Echo. *Diese Rosen sind tödlich.* Nicht im Laden, nicht in Vasen, dort seien sie schön, frisch. *Gestorben wird fürs Erste woanders.* An der Wurzel. *Und im Samen,* fügt er hinzu.

Durch ein Fenster nimmt sie allein den Hintereingang ins Haus. Sie stößt sich mit Knien und Hüfte an Möbeln, sinkt bis zu den Knöcheln in einen Teppich aus Fransen wie Gras, nass. Von den Seiten Musik, von oben Wind. Kein Dach, *vom Blitz ein Loch gebrannt,* flüstert sie, als wüsste sie das, in der Nase den Rauch, seinen Geruch, oder im Kopf. Aus weißen Schalen trinken Katzen Wasser wie Milch. *Teezeit,* hört Alice eine Stimme rufen und geht in die andere Richtung, wo das Klavier, die Geigen leiser werden.

Eine Tür ist nur angelehnt. Ein Kasten, ein Bett. Nackte Haut, Hände in Haaren. Zwei Körper wie verwachsen in ihrer Mitte. Der Mann, der Max ist, küsst die Lippen, die Brüste, dann die Finger einer Frau, die nicht Alice ist. Es ist die Frau mit den grünen Fingernägeln, in ihrem Gesicht rote Farbe, roter Sand. Es ist ihre Stimme, die anschwillt, als Alice sich endlich umdreht, aus dem Zimmer läuft.

Über Schalen stolpert sie, über Tassen, Instrumente. Menschen. Über sich selbst. Als Alice das Haus aus Stein, das Tanzen hinter sich lässt, hallt es nach. Wie die Frau schrie, unnatürlich hoch. Eine Stimme wie aus einer anderen Welt, ohne Schwerkraft, geküsst. Zwischen Baumgerippen kriecht Alice am Boden, als könnte eine Assel, ein Regenwurm den Schrei, als wäre ein Knacken in der Erde hörbar übrig. Sie stellt sich vor, die Wurzeln an ihren Wangen enden in Grundwasser, das gefärbt ist, violett, oder orange.

Im blauen Staub vom Himmel hustet Alice. In ihren Kleidern verhängen sich Blumenfelder. Sie ist in ein Meer geraten, bekommt kaum Luft, sucht den alten oder neuen Fluss. Die Schuppen, die sie an ihren Schultern aufgemalt, schwinden unter einer violetten Schicht. Andere Gerüche, die einer Rose, sind verloren in der Farbe. Als das Flugzeug abzieht, krümmt sie sich zusammen. Ihr Kopf ist schwer. Wäre sie nur diese Frau, wie ihr Schrei. Alice fährt mit gespreizten Fingern in ihre Haare. Sie sind unberührt, weil die Hände nicht, es sind ihre eigenen. Ihr Körper kennt keine anderen Lippen auf der Haut, keinen Weg aus sich heraus als im Bild ihrer Gedanken. In ihrer Stimme im Raum ist sie begrenzt, ungelöst. Die Frau aber schien frei, als sie himmelhoch schrie.

Räuspern in ihrem Rücken. *Max,* sie dreht sich nicht um, ist sich sicher, dass er, seine Schritte. *Du warst schnell, Alice,* er setzt sich hinter sie, *ich bringe dir deinen Rucksack mit.* Sie zittert, *warum läufst du mir nach. Schon von der Insel weg, ich weiß es.* Ihr wird warm und kalt, als er schweigt. Um ihren Hals sein Atmen oder ein Windhauch. Sein Mund, das bildet sie sich nur ein. *Sag etwas, bist du betrunken, Max. – Nein.* Alice springt auf, *sag mir, wo der Fluss ist, und ich bin weg. Lauf mir nicht nach,* sie schwankt. Dunkel sei es, er gähnt. *Nein, es ist helllichter Tag, ich bin erwachsen.* Jetzt dreht sie sich zu ihm um, *wie siehst du aus.* Sie streckt sich, klopft Farbe von seiner Stirn, *sag etwas.* Unwillkürlich zieht sie die Algenfäden, um ihre Ohren gewickelt, an ihre Finger. *Kanntest du die Frau.* Max nickt, *sie hat mich an jemanden erinnert.* Ob es die Hände waren, Alice legt ihre auf ihre Brust, schiebt das Kleid nach unten, unter ihre Brustwarzen, holt seine Hände. Zurückziehen will er sie, verhakt sich mit blauen, grünen Fäden. Sie reißt die Fäden ab, holt seinen Mund an die Stelle seiner Hände, auf ihre Haut. Sie spürt, wie seine Zunge um ihre Brüste, sich wie Wasser in Wellen bis zum Hals, wie sich etwas löst. *Bleib da,* sagt sie. *Alice, du spielst mit meinen Erinnerungen,* wenn er weiter, würde er selbst nur spielen mit Alice, *ich bin zu alt.* Sein Arm, ein Vogel, sein Schnabel zeigt in eine Richtung, zu einer Hügelkette, *dort läufst du entlang, um die Hügel herum. Ein paar Tage, eine Woche, dann bist du mit einem Bach wieder am Fluss.*

7

Von dem See und dem Salz zwischen den Hügeln sagte Max kein Wort. Insekten in Schwärmen verrieten das Wasser, Libellenringe, Paare, eine Schar Vögel mit rosarotem Gefieder. *Flamingos heißen sie,* weiß Alice aus dem Unterricht. Der Salzsee ist der Beginn eines Baches zum Fluss.

Wie die roten Krebse wühlen ihre Zehen den Schlamm am Seeboden auf. Die Vögel fressen die Krebse, trotzdem, denkt sie, leben die Krebse zuerst für sich, sich zu entfalten. Wie der Fisch, obwohl ihre Hände ihn fangen, er für sie stirbt. Wie die Pflanzen, auch wenn fürs Kolleg gesammelt, archiviert. An der Oberfläche kräuselt sich die Sonne im Wasser, zittert im Wind. Alice reibt, wäscht die blaue, juckende Farbe von ihrer Haut, den Kleiderresten, aus den verfilzten Haaren. Die großen Vögel nahe am Ufer beachten sie nicht. Als sie schwimmt, eintaucht, streift sie Tiefenwasser, zehn oder mehr Grad kälter als die Wellen darüber. Kein Herbststurm hat den See durchmischt, Frühlingsstürme sind lange her. Der Sommer hält länger an als auf der Insel.

Im See steht eine Hütte. Erinnert Alice an die ersten Nächte ihrer Reise, die Fichten im Eis, die Kirschmarmelade. Sie klopft gegen die Holzpfähle, an den Knöcheln hart wie Stein, klettert in der Hitze hoch. Verschlossen, verlassen, wie die anderen. Auf dem Steg vor der Tür legt sie sich auf den Rücken. Die Augen im Himmel. Ihre Zunge schmeckt Salz. Körner spüren die Finger an ihren Kuppen unter den Nägeln wie Sand. Grüne Fingernägel sieht sie über sich, das Laken, die weiße Haut. Wenn sie sich traute, Stift und Papier zu nehmen, sie versuchte der Frau, ihrer Umarmung mit

Max Konturen zu geben, feste Ränder, ein Ende. Eine Grenze zu Alice selbst. Die Anziehung wäre begrenzt mit dicken Strichen. *Das geht nicht,* hört sie sich zu Gregor sagen. Es ging um die Pflanzen in den Gärten. Eigentlich auch um ihn, wie er sie und sich selbst abkapselte in den Zeichnungen. Das Übermalen ängstige ihn wie eine Berührung. Sie verstand ihn nicht oder gab vor, sie hätte nicht auch, wenn auch anders, Angst um sich.

Mit einem Sprung ist sie zurück im Salzsee. *Wer bin ich, was bleibt von mir, wenn ich,* sie hält die Luft an, *sein will wie diese Frau.* War sie, Alice, schon in der Wohnung, auf der Insel vor allem ein fester Wunsch. Zugleich fließend, flüchtig wie das Wasser verloren, dem sie folgt. Als sie auftaucht, traut sie sich nicht, auf ihre Hände zu schauen, ob die Fingernägel grün leuchten wie angemalt. Am Ufer ist in der Sonne ein Kaktus aufgeblüht, in der Federnfarbe der Flamingos.

Für das, was sie sich vorgenommen, brauchen sie einen hoffnungsvolleren Ort. *Nicht dort, wo wir schlafen,* war ihm wichtig. Tera schlug die tief, triefend bröckelnden Räume des Direktors vor. *Besser nicht,* einen anderen Ort weiß Gregor, auf andere Weise zwischen Natur, Kultur, mehrdeutig ohne Wachstum, Verfall, *komm mit.* Er geht voraus, trägt Stifte, eingewickelt in einige lose, leere Blätter Papier. Hinter ihm hebt Tera die schweren Lehrbücher aus der Truhe die Stufen nach oben. Die anderen im Kolleg, Lehrer, Schüler, sind mit Herbstprüfungen und Vorbereitungen fürs Herbstfest beschäftigt. *Sie sind abgelenkt,* trotzdem ist Gregors Sprechen ein Flüstern. Auf Zehenspitzen führt er ins Archiv der Saaten. In Gläsern auf Regalen ruhen die Samen, getrocknet und gekühlt. Er zeigt auf ein Glas, *die Lotusblume,* älter als 700 Jahre sei ihr Samen. Nicht größer als eine Nadelspitze, *der Vanillesamen.* In einigen Gläsern steckt jeweils eine Papierrolle, *warum,* wundert sich Tera. Zögerlich gibt Gregor preis, *das sind Bilder der gekeimten Samen, der ausgewachsenen Pflanzen.* Sie runzelt die Stirn, *damit wir nicht vergessen, wie sie aussehen. – Nein, es steckt mehr dahinter.* Vorsichtig öffnet er ein Glas, zieht eine Rolle heraus, *bei einem guten Bild ist es, als könntest du die Pflanze riechen, schmecken, spüren.* Ob sie die Töne höre, sie verklingen, als er das Bild, den Deckel wieder schließt.

An einem großen Tisch breitet Gregor das Papier, Tera die Bücher aus. Sie nimmt einen Stift aus seiner Hand und beginnt zu blättern, zu lesen. Zwischen den Zeilen, an den Texträndern schreibt sie Kommentare. Einzelne Absätze übermalt sie, ohne dass sie unlesbar, *ich streiche kein Wort.* Die Sätze, die sie anzeichnet, seien Spuren eines Denkens, Handelns, das den Ortlosen ihre Würde, ihr Leben nahm. *Sie sind Zeugnisse,* darum wolle Tera die Bücher nicht zerreißen oder verbrennen. Spuren ließen sich tilgen, nicht die Ermordung, Vertreibung, das Menschenbild, das den Taten zugrunde liegt. Verhielte es sich umgekehrt oder wäre die Vergangenheit nur eine Spur, dann zündete sie diese Bücher an, löschte sie aus.

Sich auf seine Aufgabe zu konzentrieren, fällt ihm schwer. Als er beim Zeichnen zittert, legt Tera ihren Kopf an seine Schulter, stützt ihn, als er weint. Die Gesichter der Männer sind in der Erinnerung verschwommen. An ihre Stelle malt Gregor eine Wolke, ein weißes Gespenst, und erschrickt vor sich selbst. *Das Gespenst spukt in mir drin,* murmelt er, *es macht mir Angst.* Tera beugt sich vor, *für mich wirkt dieses Gespenst wie ein Kind, als hätte es selbst große Angst.*

Der Bach ist der blaue Faden, an den sie sich hält, in der buckligen Landschaft in Unruhe, in Bewegung. Ob sich aus diesen Hügeln Steine schlagen ließen, fragt sich Alice, damals für den Bau der Mauer am Fluss, wie lange ist das her. Langsam gewöhnt sie sich wieder an das Schweigen, eine Stille bei Tag, wie sie die Insel nachts nicht, nicht einmal im Winter an sich hatte. Als Alice nach Stunden leise summt, sich über den Bachlauf lehnt, sind ihre Stimme, ihr Bild mehr scheinbar als wirklich. Im Wind und Wasser sind ihre Schritte, ihre Spur aufgelöst in dem Weg, den sie geht. So nicht einsam, nicht für sich.

Am Morgen beobachtet sie einen Gecko, wie er Tau von seinen Augen schleckt. Gegen ihren eigenen Durst trinkt sie aus dem Bach. Der erste Schluck, noch nahe am See, schmeckt salzig, der zweite auch. Gegen Mittag ist das Salz im Wasser im Mund kein letzter Rest, sondern zu ihrer Verwunderung wieder mehr. Bedrückend tief hängt die Sonne wie in einem abgeschlossenen Raum, in der Wohnung mit Louise, wie von der Decke. Alice hatte sich als Kind vorgestellt, dass eine Leiter über die Sonne, durchs Dach in den Himmel, dass sie zum Mond kletterte, der kühl war. *Was machst du da,* fragte Louise am Abend müde. Sie hob zuerst Alice, dann den Stuhl vom Tisch zurück auf den Boden, *lass uns essen, dann früh schlafen. Morgen machen wir eine Reise*. Wirklich, wohin. *Auf eine Insel.* Im Meer. *Nein, im See,* sie schaltete das Licht ab, *jetzt Augen zu.*

Alice legt sich auf den Grund, die Füße in Richtung Fluss, den Scheitel zum See. Sie schaut nach oben, entdeckt im Himmel, über der Sonne die Tiefe eines Bachs.

Im Bach, als sie nach unten schaut, den Mond als einen weißen, runden Stein. Wie im Traum sieht sie ihren Freund Gregor dort sitzen, seine Hände waschen, seine Füße. Sie zieht ihn in die Höhe, über die Stufen. Im Archiv der Saaten streift seine rechte Hand die Regale, dann ihren Rücken.

Den kalten Abdruck spürt sie, als wäre er echt oder erhalten von dem Tag, als Gregor tatsächlich, ohne Absicht, ihren Nacken, *entschuldige, Alois*. Seine Hand war blau, ihre Haut orange. Allein in ihrem Zimmer im Sommer suchte sie mit ihren Händen den Abdruck, versuchte, über ihren Körper seine Farbe zu verteilen. Sie versteckte sich nackt unter der Bettdecke, schwitzte, wurde feucht. Unter den Armen, zwischen den Beinen. Jahre später geht Alice ins Wasser vom Bach in die Knie, findet Gregors kalte Hände, die blaue Tiefe unter einer Oberfläche. Den Mond, wie er glüht.

Zurück aus dem Wasser wölbt sich die Sonne wieder über ihrem Kopf wie ein Dach. Anders als in ihrer Kindheit steckt Alice nicht fest. Mit den Zentimetern, die sie nicht stillsteht, wächst sie über das Haus hinaus. Finger aus den Fenstern, aus den Türen Zehen. Arme, Beine. Ein Mäandern, unbegrenzt.

Statt Pflanzen für die Gärten, Samen, sammeln sich auf ihrer Reise Stimmungen an, und Aussichten. Sie begegnet einer Schnecke, einer Schildkröte an Land. Im Wasser, das zum Fluss hin breiter, regt sich nicht viel. Ohne Vögel flirrt die Luft. Alice atmet tief ein, nimmt einen Schluck zu trinken, spuckt aus. Es stinkt zum Himmel. Ohne Zögern läuft sie los, dem Wind entgegen. Endlich am alten Fluss steht sie am Ufer vor einem Berg verwesender Fische. Da, dort ein Zappeln. Die Münder offen, wie erstickt. Sie hält sich die Nase zu, als sie näher, die Augen, als Schuppen sie blenden.

Beide Hände im Gesicht. Jemand stirbt. Kein Fisch für sich, nicht die Masse. *Es ist der Fluss, mit allen,* sie stockt, *die Welt, aber was ist die Welt.* Zu klein ist Alice, *nein, ich bin zu groß,* will sie sich beruhigen, verfällt in Panik, schreit zum leeren Himmel.

Mit den Knien auf dem Kies durchwühlt sie ihren Rucksack. Heimlich hatte Max einige Papierbögen, Farben und Pinsel eingepackt, im verrückten Haus. Alice ließ sie drin, zerrt sie jetzt heraus. Erstmals, seit sie die Insel im roten Boot verlassen hat, setzt sie sich vor ein weißes Blatt. Wie die Konturen ins Bild gehören, wüsste Gregor, müsste mit Bleistift den Anfang machen. *Du zeichnest, ich male,* das war ihre Übereinkunft. Was Professor Anila sagte, erinnert sie sich, dass Sehen nicht genug ist, um das Leben länger zu fassen. *Ihr müsst riechen, am besten auch schmecken, spüren und zuhören.* Dann sei das Bild mehr als ein Bild, weniger als der Tod in einem Glas, auch ein Geist. Alice mischt die Farben erst im Malen. Nach Stunden schiebt sie das Papier unter einen schweren Stein. Sie überwindet sich, zwischen den Fischen in den Fluss zu waten, gegen den Strich, die unsicheren, unsichtbaren Ränder wahrzunehmen, die Haut. Unterdrückt ihren Ekel. Zweitrangig sind die Augen, bis ihr Blick auf die Uferböschung gegenüber fällt. Aus Rohren in einer Lösswand fließt schwarzes Wasser in dicken Strahlen in den Fluss. Sie schwimmt gegen die dunkle, warme Strömung. Spritzer treffen sie im Gesicht. An den Lippen, *das ist Salz,* wie im See mit den Flamingos. Unwillkürlich presst sie ihre Hand gegen die Öffnung eines Rohrs, verbrennt sich, taucht unter den Fischleichen unter. Als sie Hände an den Schultern packen, hochziehen, wehrt sie sich. *Das ist Gift,* ruft sie außer Atem an der Luft, *der Fluss ist ein Grab,* und er wird selbst begraben.

Es ist Salz und so viel Salz ist Gift für den Fluss, das stimmt. Um es zu beweisen, damit mir mehr Menschen glauben, würde ich meine Kleider zerreißen. Glaub mir. Alice nickt, nimmt das Handtuch der Frau an ihren Körper. Grau und feucht gibt sie es zurück, *danke*. Nach Jahren setzt sie sich wieder in ein Auto, auf die Rückbank. Für den Weg zurück. *In die Stadt muss ich auch.* Das gemalte Bild der Fische unterm Stein fällt ihr ein, sie braucht es. Dann sagt die Frau, *als Beweis liegt eine Wasserprobe neben dir.* Daneben ein toter Fisch, *die Kiemen sind zersetzt.* Schwarzer Sand, *von einem Kohlebergwerk,* erklärt die Frau, *seine Abwässer versalzen den Fluss. Wo sich Süß- und so viel Salzwasser mischen, dazu die Hitze, die Düngemittel, vermehren sich die Goldalgen.* Es entstehe eine Blüte, ein Schwarm mit dem Gift, selbst einen Hecht zu ersticken. *Krebse, Muscheln sowieso.* Und Schnecken, Schildkröten, denkt Alice. Die Vögel, die sie fangen. *Der Fluss wird zugeschüttet,* sagt sie laut, *das heißt, er erstickt, oder.* Jetzt schüttelt die Frau den Kopf, *nicht, wenn wir es verhindern.*

Mit der Nacht dringt die Schwärze auch in die Luft. Alice erzählt ins Blaue der Autolichter, von Mira und dem Baum, von bunten Gesichtern, den Blumenfeldern. *Sprach diese Mira deine Sprache,* fragt die Frau nach. *Wenn nicht, habe ich einem Geist zugehört.* Sonst dem letzten Menschen im Moor, einem Baum. Ob es Alice im besetzten Haus gefallen, *hast du dazugepasst, zu den bunten Leuten. – Wir haben getanzt.* Die Frau hält inne, *das andere Leben ist ihr Widerstand. Mein Widerstand ist es, in der Öffentlichkeit zu forschen. Und du.* Alice beißt sich auf die Lippe, sie hätte die Blumenfelder zeichnen, die Zeichnung mitnehmen sollen im Sprühnebel der Flugzeuge. Wie die giftige Farbe roch, wie sie glänzte, brannte auf der Haut. Auf Papier. Sie hätte mit ihr malen, statt sie in den See zu waschen, als wäre sie harmlos für einen Vogel, sie selbst.

Aus Luft, dem Wind, einem Sturm bildet sich ein Gewitter. Das Fenster einen Spalt nach unten gekurbelt, zieht es Alice an ihrem Arm nach oben, wieder hinaus. *Ich steige aus,* ihre Haare im Wirbel. In Auflösung, bliebe sie sitzen. Die Frau hält das Auto an, *kann ich dich aufhalten, der Sturm ist gefährlich. – Ich bin die Wetter am alten Fluss gewöhnt. Warte nicht,* sie nehme einen anderen Weg in die Stadt, schlägt die Autotür hinter sich zu, rennt. Es geht um das Bild unterm Stein, darum, dass es überlebt. Um Max.

Als das Wasser um ihre Beine bis zu den Knien steigt, klettert Alice auf einen Baum. Büsche, kleinere Bäume treiben vorbei. Um einem Ast bindet sie sich an ihren Haaren fest, macht den Knoten wieder auf. Vor Hitze zerreißt es den Himmel in Blitzen. Die Erde bröckelt in der Flut nach dem Sturm. Bis zum Morgen schwimmt Moor in Stücken, wie eine Inselkette, im Fluss.

Im Frühling, im Winter, vor allem im Sommer stellt sich Gregor die Insel im Herbst vor. Kommt endlich der Herbstwind auf, füllt er Steine in seine Taschen. Als wäre er eines der Blätter, haltlos, gelb, rot, braun, während die Schwäne weiß, die Raben schwarz bleiben durch die Zeit. Unter Bäumen am Waldrand, unter Spinnennetzen leuchten rote Äpfel an Grashalmen in der Erde. Sie liegen in einer Reihe, als Nahrung für Rehe, Mäuse, Käfer. Wie poliert, erinnert sich Gregor, wie seine Mutter alte Äpfel mit einem Tuch zum Glänzen brachte. An Nadelbäumen in der Stadt hängte sie sie wieder auf, *für die Vögel,* meinte sie, und zum Anschauen im langen, farblosen Winter im Park.

Auf den Tischen, die wie beim Frühlingsfest im Garten stehen, haben die Schüler Äpfel vom letzten Herbst und Apfelmost platziert. Länger als ein Jahr lagerten die Früchte im Keller. Blass, verrunzelt seien sie wertvoller, weil sie unter frischem Laub ein Bild sind für die Zeit, wie sie im Kreis vergeht, vergangen ist, wiederkehrt. Für Leben, Tod, Leben. Sterben. Der Legende nach, die Professor Anila rezitiert, findet in den Blicken der Vögel, dem Zirpen der Insekten, die sterben, die Befruchtung fürs nächste Jahr, schon vorm nächsten Frühling statt. Unwillkürlich schaut Gregor zum Butzenfenster seines Zimmers, wo Tera ist, dann zum Zimmer daneben, wo Alois war.

Statt Nestern verteilen sie im Herbst Nüsse und Samen auf der Insel. Sie stecken diesen Wintervorrat in Höhlen, die sie in die Erde, unter Wurzeln und wie Eichelspechte in die Baumstämme bohren. Daneben vergraben sie ein von Frühling bis Sommer getragenes Leinenhemd. Sobald der erste Schnee, werden sie nachsehen, wie weit der Stoff zerfleddert ist. Je weniger übrig, desto mehr Tiere leben im Boden. Bis das Hemd unkenntlich, verrottet war, habe es früher nur einen Monat gedauert. *Einen Tag nur,* heißt es in der Legende.

Gegen Abend setzt sich Gregor zu Professor Anila unter einen Baum. Der Wind rüttelt an den Blättern, *sie sind erst gelb,* seufzt der Lehrer, streift sie von den Schultern ab. Mit einer Wange berührt er die rote Rinde, das Moos, *zum Andenken an meine Mutter, unsere Hütte wuchs um einen Baum dieser Art.* Gregor räuspert sich, *der Baum ist krank,* von Rost befallen. *Ich weiß.* Ob er auch wisse, wo der Direktor ist. *Mein Freund macht, dass ihn die Welt vergisst, bevor er stirbt. Damit er selbst die Welt vergessen kann, muss er aber wissen, dass es ihr gut geht.* Wem, der Welt. *Seiner Tochter, er sucht sie von Fluss bis Stadt. Dabei ist sie,* er zwinkert Gregor zu, *ihm entgegen, wie mir scheint, zu uns auf die Insel gekommen.*

Die Landschaft ist zerrissen vom Sturm, der großen Flut. Am Himmel hängen die milchigen Farben in der Luft, ohne Halt im Fluss. Ohne Kraft steht Alice da, sinkt mit einem Stein in den Boden ein. Als sie den Mann vor sich sieht, abgezehrt, die Augen gerötet, zuckt sie zusammen. Den Mund weit auf, schreien sie beide, ohne laut zu werden, ohne Laut. An Max' Schultern zittern Federn, auf seiner Hand hüpft ein Vogel, fliegt auf. Sie fallen sich in die Arme. Ihre Körper werden rund, wieder eckig, als sie sich küssen, rund. Letzte Kleidungsstücke brechen sie auf. Wie warm ihre Haut, spürt Alice, wie sie durchlässig wird in den Falten, an seiner Haut. Auf dem Boden legt sie sich auf Max' Brust, sucht seine Hände, findet unter den Haaren seinen Nacken. Salz. Sie drehen sich in Wellen. Um sie herum, in ihr selbst Wasser wie ein Meer, weiter, und offen. Kurz ein Leuchten, im Licht ihre, die Gestalt einer Frau, ich.

Der Atem eines Schlafenden streicht über Alice' Rücken. Ihre Stirn ist gerunzelt in der Nacht, die nicht dunkel wird. Ihre Hände, ihre Brust verkrampfen sich. An ihren Freund Gregor denkt sie. Wie er immer da war. Dass sie von ihm wegging. Eine Insel, ein Fluss. Wo hängt beides zusammen. Sie erinnert sich an frühe Morgen im Garten im Frühling. Vogelnester, entpuppte Schmetterlinge, ein Hase, der sich streckt. An ihren Lippen Tee, grüne Blätter, ein Veilchen. *Das erste,* flüsterte Gregor, drückte sie am Handgelenk. Sie schaute ihn an, er ließ los. Wie im Reflex ergriff sie seinen Arm, hielt ihn fest für einen Moment. Dann gingen sie weiter. Später, allein in ihrem Zimmer, die Frage, ob sich zu halten bedeutet, sich zu lieben. Tränen sind leise. Sie glaubt, es sind ihre ersten. Gregor weinte oft am See. Ob er jetzt zum Herbst, dem Winter hin wieder lacht. Ein halbes Jahr weit weg von ihr. Vorräte in den Baumhöhlen, die Wollhemden, die Nacht noch in Ordnung, auf einer Insel.

Alice fröstelt, an ihrem Rücken Wind. Max liegt nicht länger hinter ihr. Weißlich, fahrig steigt die Sonne hinter Wolken wie ein Gespenst auf, eine Qualle aus dem Fluss. Kleine Seen im Gehölz zu ihren Füßen, schleicht sie um sie, um Ballen aufgerissenes Torfmoor herum. Alice spürt ihre Gestalt in der Bewegung, ihr Körper gerät, als ihr Gregor und Max in den Sinn kommen, ins Taumeln. Um die Bänder ihrer Schuhe fester, geht sie in die Knie, bindet geknickte Gräser, eine lose Blume dazu. Ihre nächsten Ziele sind das Bild von den Fischen unterm Stein, dann Louise, die Frau in der Stadt. *Max,* ruft sie, spürt, dass er in ihrer Nähe ist, *komm, gehen wir weiter.*

8

An der Oberfläche entspringt der alte Fluss dem Land. Für Alice und Max, die zu Fuß gehen, endet er, wo er anfängt unter Grund. Statt dem Pfad entlang vom alten gibt es Straßen, Brücken über den neuen Fluss. Gelbe Felder betreten sie mit schwarzen Füßen. Ihre Schuhe waren stecken geblieben zwischen Wurzelstumpen im Moor. Sie laufen, als Motorengeräusche, husten, als sie zum Stillstand kommen.

In der Hocke betastet Max den trockenen Boden zwischen den Getreidehalmen, zerbrochen wie Keramik. Alice sieht die Bruchlinien, spürt sie als tiefe Schürfungen wie einen Riss durch die Haut. Als Muster unerklärlich. *In bestimmten Jahren,* daran erinnere er sich, *baut sich vom Boden her eine Staubwolke auf.* Von Erde bis Himmel, stellt Alice sie sich vor. *Die Wolke überrollt die Stadt,* sagt er. *Viele husten, viele werden krank, einige spucken Blut.* Gebückt bewegen sie sich weiter im Feld, jetzt langsam. An hohen Halmen streift Alice Heuschrecken. Hasen springen auf, wenn sie ihre Hand ausstreckt. Sie erschrickt, *es sind viele.* Max nickt, *in bestimmten Jahren eine Plage, heißt es. Ich erinnere mich,* wie die Menschen in Massen Hasen und Heuschrecken einfingen, *mit bloßer Hand erschlugen wir sie. Ein Kind war ich, ging mit auf diese selbstverschuldete Jagd.*

Beim Gehen knicken sie Getreide. Mehr, als sie sich müde hinsetzen. *Wie lange hast du in der Stadt gelebt, Max.* Bis er sieben Jahre alt war. Dann haben seine Eltern ihn zum Lernen, Leben auf die Insel geschickt. *In den meisten Familien war es üblich, dass ein Kind ins Kolleg oder ins Kloster ging. Je nachdem, was stärker war, der Glaube in die Natur oder an einen einzigen Gott.* In seinem Gesicht ein trauriges Lächeln, *ich hatte Glück, glaube ich, meine Eltern hatten recht.* Auf der Insel habe er gelernt, später gelehrt. *Du bist der Direktor, oder,* fragt sie. Er stutzt, *bis vor einem halben Jahr, ja.*

Die Stadt ist näher als eine Stunde. *In der übernächsten Stunde bist du dort, Alice.* Und was mache er. *Ich suche meine Tochter aus den roten Nächten allein. Die Nächte, in denen ich nicht schlafen konnte, waren rot,* erklärt er. In einem Wirbel habe er sich hochgeschaukelt mit dem Gedanken, *geht es ihr gut. Am Morgen zitterte ich.* Wenn er zu seiner Tochter finde, dann ohne Auto, ohne Zug. Wenn, wechselt Alice zu ihrer eigenen Suche, dann am Dach, erkenne sie das Haus ihrer ersten Lebensjahre. *In den hellblauen Nächten, das waren für mich die wachen,* oder die geträumten, *stieg ich mit Louise auf das Dach. Wir flüsterten erfundene Lieder, summten die Melodie.* Auf Zehenspitzen, Ziegeln spielten sie den Rhythmus. Für wie lange. *Bis uns nicht länger kalt war.*

Wenn er aufwacht, ohne dass es schon Morgen, hell ist, steht Gregor vom Bett auf und geht in die Gärten. *Die Pflanzen brauchen mich,* sagt er sich, setzt sich zwischen sie in die Beete, mehr nicht. Er tut nichts, verwächst mit der Stille, träumt. *Wie spät ist es,* reißt ihn eine Stimme heraus, die Hände aus der Erde, dem Laub. *Auf die Füße, auf, wir spazieren eine Runde.* Professor Anila lässt ihn vorgehen, streift hart, weich wie ein Baum seinen Arm, wenn Gregor zurückfällt. *Ich fürchte, bis du mir sagst, wie spät es ist, ist viel Zeit vergangen. Trotzdem weiß ich es, es war 4 Uhr. Oft genug weckte mich mein Freund, der Direktor, um diese Zeit im Herbst.* Der Garten sei ein wildes Wesen, *zumindest jetzt, wenn wir ihn sein lassen.* Ein Ton sei ein Schimmer. Ein Geruch ein Geschmack. *Schmeckst du das.* Gregor nickt, *wie einen faulen Apfel im Mund.* Der Lehrer räuspert sich, *weißt du, für sich ist die Zeit gefangen in ihrem Trott. Mit uns ist sie es nicht, mit uns kann nachts eine Stunde ein Tag sein. Aber höchstens der nächste Tag. Nicht der letzte, zurück geht es nicht. Das mussten der Direktor und auch ich einsehen.*

Gras, Holz, Steinboden. Stufen, von denen Gregor jede zweite überspringt. Im Archiv der Saaten bricht Professor Anila wieder das Schweigen. *Wir konservieren nicht, was war. Das wäre ein Missverständnis. In den Gläsern liegt, was sein wird, zumindest wieder werden könnte.* Für wichtiger als Details übers Habitat halte er die Bilder bei den Samen. Ein volles Blatt, ein neues Leben. *Wenn wir es lassen,* wirft Gregor ein, *darf Tera bleiben,* er meine die Frau, die auf die Insel gekommen ist. *Das entscheidest du, oder sie. Die erste Direktorin des Kollegs war eine Frau.* Von einem Regal über ihren

Köpfen hebt der Lehrer ein Glas, darin ein Kuvert, ein Samen, ein Bild. Zeigt eine Art Buschwindrose und ein Frauengesicht. *Skizze mit Selbstporträt, bei den alten Bildern nicht selten,* erklärt er. *Tatsächlich gehört, wer zeichnet, malt, forscht, selbst dazu,* sei selbst im Bild, *ob unverhohlen wie hier oder nicht.*

Sprünge und Schritte, bis an den See. *Dass dein Freund wegging, hat mir Sorgen bereitet. Alois hatte diesen Sinn für Farbe. Sein Pinsel, dein Stift, wie im Tanz sah das von außen aus.* Gregor taucht seine Füße ins Wasser, zieht einen Windstoß wie eine Welle ein. *Ein wenig wie verliebt,* Professor Anila lächelt. Wer, in wen. *Die Farben, die Striche,* erklärt er, *ein Äquivalent für Früchte, Blüte, Samen, ihrer Zeit voraus.* Wie einen faulen Apfel schmeckt Gregor wie vorher den Widerspruch im Mund. Das war anders, will er sagen, sagt, *Alois ist weg,* es gehe, er komme nicht zurück. *Oder halt nicht, wie er war,* schließt der Lehrer.

Es ist Herbst, aber es fällt kein Blatt. Häuser wachsen, keine Bäume. Um Alice baut sich ein Gefängnis auf, menschen- oder aus Menschen gemacht. Aus Gesichtern, vielen Masken. Gerüchen, einem Parfum. Je dichter, enger in den Straßen, umso kleiner, eiliger die Schritte. Der Platz dreht sich in ihrem Kopf, er bebt. Kein Grashalm, an dem sie sich halten, mehr als unter Menschen ein Mensch sein könnte. *Mit den Pflanzen überschreitet ihr euer Menschsein,* hatte sie auf der Insel gelernt, *im Gras seid ihr verwandt mit dem Blatt.* Ihre Handfläche wie einen Spiegel vors Gesicht, sucht Alice die Blattadern, stolpert und fällt hin.

Unter einen Tisch kriecht sie zwischen Blumen ohne Wurzeln und Erde, in Vasen, violett. Ihr Geruch erinnert sie an die Flugzeuge überm Feld, das Feuer von Farben auf der Haut, den Brand. Alice mustert die Menschen, ihre Moden, sich zu bewegen, zu sprechen. Findet sie ihre Ausdrücke, die Gesten schön, verfällt sie kurz in Starre. Dann ahmt sie sie nach, macht sie sich zu eigen, spielt unter den Brettern Theater. Am Abend sind die Blumensträuße verkauft, ist Alice übrig, ohne Luft, die Kraft, es anderen weiter gleichzutun, gleich wie sie zu sein. Nach einem Tag in der Stadt verändert, gleichwohl, ein Mensch, noch ähnlicher, menschlicher, entdeckt sie ein gelbes Büschel im Asphalt.

Grün setzen sich die vertrockneten Grashalme in einen Garten fort. *Park,* steht auf einem Schild, *geschlossen,* auf einem zweiten. Sie klettert über den Zaun, springt. Schwarze Flügel flattern in der Luft. Kalter Wind lässt Alice sich auf die Erde legen. Warm ist es zwischen den Gräsern, an den Fingern unterm Laub. Als Regen einsetzt, steigt sie auf eine Bank. Die

Vögel, die sie für Raben hielt, sind kohlrabenschwarze Schwäne. Lachen bilden sich, unter Laternen ein Teich. Aus dem Schlamm wie vom Himmel, aus dem Nichts blühen Seerosen auf, wie Schnee. Aus der Zeit gefallen. Eine Art, 65 Millionen Jahre alt, hat die Seerose das Krokodil, hat ihr Same sein Ei überlebt.

In ihrer, jeder anderen Sprache gibt es ein Wort für diesen Menschen am Anfang. Alice bringt es nicht über die Lippen. Louise schon, diesen Namen für viele. Warum hat Louise sie aufgegeben, die Familie, die Tochter, wie sie aufwächst ohne ihr Vorbild. Als sie sie auf die Insel brachte, nahm sie ihr den Namen weg, *Alice*. Verblieb selbst ein Name, ohne Beziehung, *Louise,* ohne Besonderheit. Von Beginn an war Alice ein Geheimnis in ihrem Leben, wie ein Fehler, ein hässlicher Fleck. Bis zum Morgen sind die Seerosen weg, von Schwänen keine Spur. *Es waren Raben,* sagt sie sich, bringt es auf einmal über sich und sagt, *Mutter.*

Ein schlafloses, rotes Zimmer. Wind zieht durch, durch die Ritzen in der Wand. Ohne aufzublicken, kommt ihm vor, dass von der Decke Stofffetzen, dünne Fäden herabhängen. Quallen, Sterne geschweift, ein Gespenst. *Ich,* durchzuckt es Gregor. Er schwebt, hängt im Raum, wie an stahlharten Seilen. *Du auch,* flüstert er. Sie auch, nur ein Flüstern, *sei mir nahe.* Als er gegen Widerstand wie im Wasser sich nähert, eine Hand am Bett, an ihrer Wange, sagt Tera, *tu, als ob du mir nahe wärst. – Aber das bin ich,* er legt sich neben sie. *Nein, bist du nicht. Nicht wirklich.* Sie liegt zugedeckt, zieht die Decke bis über die Lippen. Ihre Augen sind gerötet, starren in die Luft. *Wenn wir träumen, sterben wir nicht.* Gregor nickt, *ist es recht, wenn ich das Licht,* er streckt sich. *Nicht,* hält Tera ihn ab. Zittrig tappen seine Finger über die raue Decke, wo ihre Brüste, ihr Bauch, glaubt er, trommeln sie. Die Musik im Kopf, sie klingt brüchig im Raum. Schau mich nicht an, an diesen, ihren Satz, denkt er, als er die Decke nach unten schiebt. Sein Mund an ihren Hüften, zwischen ihren Beinen, Kreise, will er mit ihr schlafen. Ohne Verkleidung, die Angst klein wie ein Kind.

Es geht nicht, sie nimmt seinen Kopf in ihre Hände. Gregor richtet sich auf, schaut Tera an. Die Decke zieht sie wieder über ihren Körper, klemmt sie unter den Armen, den Beinen fest. *Ich habe das Gefühl, dass es verloren geht, rausfällt aus dem Bauch wie ein Ei, zerspringt.* Dass es die Welt ist, eine Welt, nicht geträumt. *Es spricht nicht mehr mit mir,* sie spüre es nicht. *Wo ist es,* fragt sie. Als wüsste, müsste Gregor es wissen. Wieder will er das Gespenst abstreifen, weiß auf Teras Haut, zerbrechlich wie in einer Schale, schreckt er zurück.

Sein Blick folgt ihrem Arm. Ins Schwarze zeigt sie durchs Butzenglas zum Fenster hinaus. Ob die Bäume, Sträucher braun, die Früchte inzwischen reif sind. *Auch die Quitten, die Hagebutten,* gelb und rot. *Sie sind reif,* antwortet er, *sie bleiben hart.* Nicht zugehörig fühle sie sich, fehl am Platz, in der Zeit. Auf der Insel, im Herbst. *Ich wollte nicht Mutter werden. Ich glaube, ich bin nicht weit genug.* Nicht mehr. Früher schon. *Wo,* fragt er sie, sich selbst, *wann war es anders.* Ihre Gesichter drücken sie an den Wangen aneinander, die Knochen reiben. Ihre Haut ist feucht, als sie sich lösen, aus dem Bett aufstehen. Die Decke am Boden, steigen sie darauf. Sie fallen in die Knie, suchen das Kind, die Mutter, den Vater in den Wolken, zerreißen sie. Darin, was bleibt, wickeln, schlafen sie ein, ohne Träume, mit dem Wind von draußen.

Die Nacht hat sie gefunden in der Stadt. Sie komme nicht von selbst, hatte Gregor früher erzählt. Unauffindbar bleibt der Tag, sein Licht. Ohne Sonne wird es hell nicht richtig. Alice' Augen bleiben grau, im Morgengrauen, das sich zieht, Straßen über Stunden, Tage lang. Gitter rund um jedes zehnte Haus, mit Papier zugeklebte Fenster. An anderen Häusern Verbotsschilder wie vorm Park, wo sie schlief. Alice runzelt die Stirn, *warum dann die Türen, für wen.* Menschen, Autos ziehen vorbei. *Nicht für mich.* Gegen sie. Sie wechselt die Straßenseite, läuft blind mit. In ihrer Erinnerung ist das Haus, das sie sucht, eine kaputte Kulisse. Ein Baum, ein Brunnen. Der Tisch. Vorhänge in Fetzen. Ein Fragment. Wenn sie sich anstrengt, wird das Haus ganz, voller, unwirklich. Eine Illusion. Dass sie zurückfinden könnte, als Erwachsene in die kleine Kindheit. Als ob ein Loch für sie eine Tür wäre.

Auf einmal steht Alice davor. Ein Durchgang für Mäuse, einen Hasen, zwängt sie sich in den Innenhof. Wo der Brunnen war, ist eine Lache übrig. Gesichtslos, grau, als sie sich darüberbeugt. Sie reckt sich. Hoch sind die Dächer. Ein Leuchten. Schornsteine wirbeln Rauch auf, orange, grün, wie ein Feuerwerk. Im Hof hat ihre Gestalt keinen Schatten. Ihre Stimme ein Echo, verkehrt. Sie ruft in die Höhe, *Louise.* Hört, *Louise.* Ein Fenster geht auf, zwei Hände winken sie hoch. Im Stiegenhaus kommen Kinder entgegen. *Die Schüler,* erinnert sie sich, wie sie früher sich vor ihnen versteckt hat.

Ich bin Alice, hat sie es gesagt, *mein Name ist,* oder wollte sie es. War es zu früh. Erst jetzt schiebt die ältere Frau ihre Haare hinter die Ohren. Als sie aufschaut,

schaut Alice weg. Zu spät, die Augen taten in den Augen weh. Louise geht ihr in die Wohnung voraus. Mit einer Hand schneidet sie Brote, bestreicht sie mit Butter. Ihre zweite Hand zieht sie vom Mund weg, erst jetzt, sagt *Kirschmarmelade*. Sie essen. Louise am Tisch, ein Glas am Rand, Alice auf dem Teppich. Wie als Kind verspricht sie, *ich passe auf.*

Jeden Brösel zupft sie vom Teller, aus den Fransen, *es sind nur die Brösel,* sie wolle nichts mehr. Sie rutscht auf die Holzdielen. Louise bückt sich, richtet die Fransen wieder auf, wie Grashalme. Der Teppich war Alice' Spielwiese. Das Ordnen hält sie nicht aus, ruft ungehalten, *was gefällt dir nicht, an mir, was war es*. Louise nimmt sie in den Arm. *Lass mich los*. Als Alice sie wegstoßen, umarmt sie sie fester. *Lass mich los, ich stinke. Ich bin ungezogen,* nicht besser habe es ihr ihre Mutter gezeigt, *ich schäme mich. – Alice, meine schöne, gute Alice. Als Lehrerin durfte ich keine eigenen Kinder haben.* Der Griff erschlafft, Alice ist frei. Auf dem Teppich ein Fleck wie eine zerdrückte Kirsche.

Dem Ginkgo vorm Fenster werden die Blätter weiß, am Boden schwarz um seinen Stamm. Grün, gelb, braun hatte ihn Tera vor Monaten gemalt, und violett. Die Nacht setzt ein, schon jetzt. *Das ist zu früh,* findet Gregor, als er die Stufen zwischen den Gärten, *das geht zu schnell.* Seine Schritte ohne Schuhe. Die Bäume, wie in die Luft gepflanzt, stehen still. Er rennt, als er Tera hört. Unter seinen Sohlen Bucheckern, eine Kastanie. Blind hebt er sie auf, fliegt ums Leben weiter.

Sie sitzt zwischen den Wurzeln, singt, wie für ein Kind, wie um Ruhe. An einer Wange ist ihr Gesicht aufgeschürft. *Das war ich selbst,* unterbricht sie ihr Singen, *ich bin schuld.* Sie sei gestolpert, *im Gras,* verheddert, hingefallen, *auf die Wurzeln,* die Wange. *Auf meine Brust,* sie stockt. Er legt sich zu ihr, legt schwerelos seinen Kopf an ihren Bauch. Sie zieht ihn hoch, *nicht auf den Bauch, auf die Wange bin ich gefallen,* die Brust. Als sein Mund zu ihrem Mund, schüttelt sie den Kopf. *Aber ich habe aufgehört zu atmen, für unser Kind.* Wann. *Schon lange, ich bekam keine Luft. Der Wind machte einen Bogen. Das Kind, wo ist es jetzt.* Ob es weiterwächst, woanders. Er nickt, *ich glaube schon.* Wann. In einer anderen Zeit, *nicht im Herbst, nicht allein.*

Die Schüler starren ihn an, als er Tera ins Haus trägt. Sie redet im Fieber, *ich bin untergetaucht, zu lange,* murmelt sie, *ich bekam keine Luft. Der See war kalt und gefroren.* Anders als draußen weht drinnen der Wind in ihre Gesichter. Im Licht sieht Gregor das Blut an ihrer Hose, den Beinen. An ihrer Wange in ihrer Hand. Er fragt sich, ob sie wirklich gestolpert, hingefallen ist. Ob Tera sich nicht auf die Erde setzte, weil es wehtat. Zum letzten Mal gefror der See vor Jahren. Sein Wasser ist noch warm vom Sommer her. *Ich habe mich verschluckt,* murmelt sie, an seinem Ohr, *an unserem See.* Der Stiegenaufgang zu Professor Anila wird schmäler, dunkler. An die Mauer gedrückt, ist sich Gregor unsicher, ob er hinaufgeht, oder untergeht. Ob er längst sitzt, mit Tera in den Armen, gestolpert, über eine Kastanie, hingefallen ist. Seit wann ist ein Ginkgo weiß und schwarz, schwarzweiß. Wie er ihn festhielt, auf Papier, war der Baum ein Gerippe. Zu zeichnen, ohne zu malen, erscheint ihm plötzlich gebunden an eine Zeit. An einen Ort, wo allein sich nicht überleben lässt. Nichts weiterwächst, weil ein jedes feststeht, für sich. Tera war schwer, als er sie aufhob. Jetzt kommt es ihm vor, als würde sie ihn tragen.

Wie Rauch im Wind löst sich das Kind auf. Die Kindheit ohne Mutter war zu lange, die Arme sind zu kurz. Es war ein Feuerwerk. Alice rennt, quer zur Stadt, hinaus. Ein Spiel nur ist die Gesellschaft, hatte sie im verrückten Haus gelernt. Menschen folgen dieser oder jener Ordnung, nehmen sie ernst. *Aber wir spielen nur, das vergessen sie.* Louise steckt in ihrer Rolle fest, die Lehrerin ohne Kind ist eine Spielfigur. Anders das Kind, es war echt, die Mutter auch. Alice wollte sie schütteln. Verspielt war die Zeit. Die frischen Kleider, die Louise ihr gab, waren Kinderkleider. Ihre eigenen, zu weit, die Ärmel hingen bis zu den Knien.

An ihren Schuhen wieder Grashalme wie Schnürsenkel merkt Alice, dass sich der Boden verändert hat. Nebel legt sich über die Erde, über sie, wie sie einsinkt, wie in Watte. Im Schwindel weiß sie nicht, geht sie auf- oder abwärts. Fallen die Kastanien, groß wie Köpfe, fällt sie selbst. Ein Vogel zerreißt den Nebel, im Schnabel einen Fisch in der Luft. Kleine Federn im Wasser. Ans Ufer kriecht Alice näher. *Es ist der alte Fluss,* am Anfang ein Gewirr aus Kanälen, Inseln, oder am Ende ein See, glasklar. Gespiegelt sieht sie in ihrem Gesicht Züge ihre Mutter. Im Wasser die Bewegung, die Louise sich nicht zugestanden hatte. Für sie beide geht Alice, ihrer beider Kleider am Körper, schwimmen im Fluss.

Mit der Stirn stößt sie an Äste, einen Stamm und ein Boot. Sie taucht auf. Die Reise in die Stadt war an ihrem Ende ein Abschied, am Anfang war sie es nicht, ist sich Alice jetzt sicher. Sie empfindet Traurigkeit und Vorfreude. *Gregor,* Namen auf den Lippen, *Alois,* klettert sie zurück, *Alice. Max.* Sträucher kratzen ihr Gesicht auf. Blutrot. Mehr, nicht genug bekommt sie von den

Beeren. Dem Blauen. Reste um ihren Mund, in ihren Händen, küsst sie sich selbst. Die Lider geschlossen, dreht sich das Boot. Gregors rote Haare, Max' blaues Auge mit gelbrotem Rand. Zwei Menschen, ein Mischwesen findet Alice Schutz und Wärme in seiner, ihrer Haut.

Im Boot bemerkt sie an den Fußsohlen wieder Wasser. Stülpt die Ärmel zurück, geht mit den Zehen auf den Grund. Sie lässt sich treiben. Wo es warm ist, finden ihre Hände dorthin, wo es weich ist, unterm Stoff. Aufwärts, abwärts in ihrem Körper wird sie in ihrem Empfinden unnachahmlich sie selbst. *Ich,* gesammelt. Im Freien, zerstreut, *wir.* An einem Punkt hält Alice inne, reibt, rührt dann weiter an dem Innersten, dem Äußersten, das sie von sich aus kennt. Als aus dem Punkt eine Welle, schrecken ihre Schreie eine Welt für sie auf.

9

In der Luft ist Winter, im Wasser auch. Der Fluss trägt das Boot, die Zeit und Blätter bunt, dann braun, dann zu Gittern an Stielen zersetzt. Steine, die aus dem Wasser, hält Alice zuerst für lebendig, für eine Gruppe Fischotter im Spiel. Durch die Luft zieht ein blauer Schimmer, als ob es Libellen oder Eisvögel wären. Große Auenwälder, Lachsschwärme, Goldsandbänke sind zwischen Deichen nur Einbildung. Über Abflüssen die Vorgeschichte der Felder. Ihrer Mutter hinterließ Alice Bilder von Verwüstung und Verwesung um den Fluss. Als Lehrerin werde Louise diese, ihre Erzählung weitertragen, unter den Schülern, Eltern, in der Stadt, *das verspreche ich dir.*

Erzählende Bilder zeigen nicht, wie etwas ist. Sondern wie es erlebt worden, am Leben war. *Zeichne mich, wie du mich erlebst, Gregor, geht das.* Sein Maßband, wie es sich um einen Körper, seine Gestalt winde, sei beengend. *Es schnürt mich ein, frisst mich auf,* sagte sie, wehrte ihn ab, als er sie vermessen wollte wie die Pflanzen in den Gärten. *Alois, anders kann ich es nicht.* Tage später trat sie um ein Haar vor ihrem Zimmer auf eine Zeichnung. Sie sah Alice, nicht Alois. Woran es lag, ob Gregor sich dessen bewusst, sie wusste es nicht. Nur wunderte sie sich, warum die Haut, die Kleider gemustert waren. Kein Wort sagte sie zu ihm, für sein Bild von ihr fand sie im Kasten ein Versteck. Zum Schlafen holte sie es unter ihr Kissen ins Bett.

Hart wird die Landschaft, der Wind gefriert, der Regen auch. Dem Winter widerspricht ihr Zeitgefühl, *für Schnee ist es zu früh.* Alice wartet auf ihre Blutung. Seit sie mit Max schlief, es war Herbst, bleibt sie aus. In dem weißen Haar, den Falten seiner nackten Haut hatte sie sich jung nicht, aber zeitlos gefühlt. Jetzt hat sie Angst davor, was passiert, wenn ein Werden die Geschichte umarmt. Pfiffe reißen sie hoch. Ihr Stand ist wackelig im Boot. Schnell rudert sie zum Ufer, geht den letzten Meter auf Panzern von Schildkröten, auf Krokodileiern. *Es sind nur Steine,* sagt sie sich. *Mauern, Grabsteine,* spinnt sie weiter.

Übermäßig scheint ihr die Sonne trotz Schneefall. Sie schließt die Augen, wartet. Als er von hinten um ihre Schultern greift, rührt sie sich nicht. Erst als er vor ihr steht, schaut Alice auf, *an den Vögeln habe ich dich wiedererkannt. – Am Pfeifen, meinst du,* sagt Max, legt ein grünes Blatt an seinen Mund. *Du siehst alt aus.* Er ist gestützt auf einen Holzstock, darauf eine Wasseramsel wie ein Knauf. *Gehen fällt mir schwer,* er stutzt, Wind in den Ärmeln wie Flügel, *zu fliegen wäre leicht im Vergleich.*

Meine Tochter, ich habe sie nicht getroffen. Die Schritte des Mannes stockend, steif, wie in ein Gerüst gesteckt. Reiß dich zusammen, will sie sagen, beißt sich auf die Lippe. Den Weg, den sie gehen, Alice voraus, den gibt es nicht, Max hinterher. Schneebedeckt langen Sträucher, Zweige zwischen die Beine, über die Füße, kleiden zwei Menschen als Pflanzen ein. Neben dem Flussrauschen ist Max' Stimme in ihrem Rücken ein Hauch in ihren Ohren. Als Vater wollte er, dass seine Tochter ihn sieht, ein für alle Mal, damit sie ihn vergisst. *Damit sie weiterlebt, ohne mich weiter zu suchen. Sie schrieb mir Karten, schickte sie auf die Insel.* In einem langen Brief habe er über die Jahre geantwortet. Aus seiner Brusttasche ein Packen Zettel, zerknüllt er sie, steckt sie zurück. *Ihre Mutter nahm sie nicht. Tera kommt zurecht, ohne deine letzte Antwort,* habe sie gesagt. *Mach sie nicht abhängig von deinen Erklärungen. Im Gespräch, inner-*

lich, seid ihr trotzdem, ihr wart es immer. Dann sei er weggegangen. *Die Frau mit den grünen Fingernägeln, sie hatte recht.* Alice nickt, *manchmal ordnet sich das Innere, mit der Zeit, ohne äußeres Zutun,* diesen anderen Menschen. Seit sie in der Stadt, bei ihrer Mutter war, glaube sie, *es hat meine Reise gebraucht, aber nicht das Treffen am Ziel.*

An einer Weide am Fluss stoßen sie auf eine Hirschkuh, die Hufe tief in einer Lache, die Augen offen, schon gefroren. *Auch mir wird die Kälte zu lang,* murmelt Max, *das spüre ich.* Der Winter sei ein Herbarium vom Spätherbst, der aber neu austreibt im Frühling, im Sommer. *Was ich war, klebt an weißen Seiten. Ums Sterben komme ich nicht herum. Der Himmel ist violett.* Alice schüttelt den Kopf, *hell, grau,* sie zieht ihn mit sich, *schau, hellblau ist der Himmel.* Sein Niesen, ein zweites, drittes wie sonst auch, das vierte ist ihr unheimlich. Als sie sich umdreht, fällt der Holzstock auf den Boden. Die Amsel flattert auf.

Seinen Kopf an den Stamm gelehnt, sitzt Max in angeschwemmtem Totholz. Seine Arme verkriechen sich ins Moos, *wie weiche Ärmel, wie gestrickt,* seufzt er. Seine Finger ertasten Pilze, Zapfen und Beeren, verschneit. *Das Leben endet mit dem Leben,* das beruhige ihn. An seiner Seite geht Alice in die Hocke, ein Satz, *der Tod ist ein Gewächs,* kommt ihr über die Lippen. Flocken auf seinen Schultern streift sie ab. *Lass es, gib besser Acht auf dich. Du bist im Werden, Alice, ich bin Geschichte.* Als kennte er ihre Gedanken, *du bist nicht schwanger. Es waren ja nur mein Mund, nur meine,* er bricht ab. Seine, ihre, *meine Hände,* im weißen Moos zittern sie. Um sie zu beruhigen, faltet sie Alice ineinander. Lange solle sie nicht still bei ihm sitzen, sagt Max. Aus ihrem Rucksack holt sie Trockenfrüchte, in ein Tuch gewickelt. *Warte mit Schlucken, du musst sie gut kauen.* An den Speck in der Hütte denkt sie, ohne eigentliches Ziel, an den Beginn ihrer Reise, *für Schnee war es zu spät.*

Das Windengewächs ums nasse Holz ist nach Rauch um nichts ein kleines Feuer im Wald. *Endlich,* ist Alice erleichtert. Max wärmt sich und spricht wieder. *Anila, mein bester Freund, blieb auf der Insel. Wie dein bester Freund, Gregor. Diese Reise wollte Anila nicht für mich. Aber er tat sich schwer, mich krank zu sehen. Ich musste gehen, auch seinetwegen. In die Welt, auch damit er mich vergisst.* Zum Dienst an den Pflanzen sehe das Kolleg auf der Insel keine Familie vor. *Trotzdem verbrüderten wir uns.* Als Sohn der letzten Fischerin am Fluss habe Anila sich in Bäumen versteckt, von dort die Sammler der Insel, *mich,* beobachtet. *Fast erwachsen war er, als er sich uns anschloss. Andere Familien wurden umgesiedelt, ihre Kinder umerzogen in der Stadt.* Weil sie das Land nicht bearbeiteten, hätten sie kein Recht darauf. Anilas Mutter sei der letzte Mensch, ihr Geist, *oder ist es ihre Hütte, der Baum,* ein letzter Widerstand im Moor. *Sind die Städter abergläubig,* fragt Alice. Max schüttelt den Kopf, *Aberglaube, das bezweifle ich.*

Sie bläst ins Feuer. *Die Winde brennt gut, verbrennt schnell, mit ihr jedes Totholz,* habe er von Anila gelernt. *Wir waren einander Lehrer. Jede Hierarchie auf der Insel ist theatralisch. Im Tanz,* nichts anderes sei ihre bildende Gartenarbeit, *sind wir gleich. Direktor war nur ein Name, meine Maske, als ich mich aus den Gärten zurückzuziehen begann.* Schon die Gründerin des Kollegs habe auf Maskerade gesetzt, die unscharfen Grenzen. *Von Mensch zu Pflanze,* von Frau zu Mann, *zwischen Natur und Kunst,* Tod und Leben, knüpft Alice an. Fügt hinzu, *solange die Welt wächst, ist sie unerschöpflich. Solange wir sie zeichnen, malen,* sie stutzt, *das ist doch die Hoffnung.* Max legt den Kopf schief, *oder nur ein Trost, eine Reminiszenz.* Das Archiv, dass in Bild und Saat eine Art überdauert, das sei tröstlich. *Trost wäre nicht genug,* wendet sie ein. *Wenig ist es nicht.*

Verbündete braucht jede Art, Alice. Im Gewirr aus Schilf und Rohr, Erlen und Weiden in Wasser und Sumpf habe sich die Winde mit Anila verbündet, *oder es war umgekehrt. Zu ihrem Erhalt, dem Erhalt der anderen gehört das Verbrennen, und die Eidechse. – Und bei dir,* fragt sie. *Zum Beispiel der Zitronenbaum, und natürlich die Amsel. – Die Wasseramsel,* Alice zeigt auf den Stock, wo der Vogel wieder gelandet ist. *Jede Amsel, wie sie mir zufliegt.*

Mit dem Holz ist die Winde verbrannt, ein Haufen Asche im Wald, ein Glimmen. Max scheint es, *ich fasse jetzt die Dinge etwas anders auf. Tote Blätter als Bäume,* er gruppiert sie auf der weißen Brust. *Letzte Nacht träumte ich, dass ich Samen unter meine Haut eingenäht hatte. Es war Kunst, aus meinem Körper wuchs ein Garten.* In seinen tiefen Räumen im Kolleg wäre er ertrunken, *im Schnee dauert es, bis ich schlafe. Warte nicht.*

Kalt, kantig ist die verfrorene Landschaft ein Eiskristall. Im Stundentakt ohne Uhr schaut Alice hinter sich, sieht keine Fußstapfen, nur Vogelspuren im harten Schnee. Endlos weiß, groß wirkt ein Moorschneehuhn, ein Schneehase, beide eins mit ihrem Umfeld. Augen, Schnabel, die Ohrenspitzen sind schwarze Flecken, endlos klein.

Ohne Farbe ist auch die Nacht, der nächste Tag. Sie ist müde, ihr dreht sich der Kopf. *Bewege ich mich im Kreis,* fragt sie sich, entlang alter Flussschlingen, *komme ich vom Fleck.* Für Abstand, groß oder klein, fehlen Bezugspunkte dazwischen, ein Maßstab. Gregor.

Nahe ist sie ihm, ihr Gehen, sein Bleiben änderte nichts. Max. Sein Tod, ihr Leben, sie passen unter einen Himmel. Auf eine Erde, die gleich ist. Ob sie aufschaut oder zurückschaut, ist Alice alles zusammen oder weitum allein. Etwas dazwischen sucht sie, Gras, einen Sonnenstrahl, besonders und, gesteht sie sich nach einer Jahresreise ein, auch verbunden zu sein.

Erstarrt liegt das Boot wie fester Boden auf dem Fluss. Wer wankt wie betrunken, ist Alice. Ihre Arme in Max' Ärmeln, ausgestreckt, hatten sie einige Vögel bis hierher begleitet. Jetzt fliegen sie weg. An der Wasseroberfläche Gräten statt Fische, oder wieder Reste Laub. Wie damals, als sie mit Gregor ohne Fisch im Boot zurückruderte. Nach einem Sommer, dem staubtrockenen Tag war der See ein Rest, sie beide hungrig, verschwitzt. Im Netz, am Haken hatten sie Erdklumpen und Laub. Seine Hände, ihre Schritte auf ihn zu verhedderten sich in der Angelschnur. Er hantierte an den Knoten. Als sie sich losreißen, *halt still, Alois, ich habe es gleich,* sie nicht stillhielt, umarmte er sie. Sie küsste ihn. Gregor küsste seinen Freund. In die Mundwinkel. Nicht Alice, dachte sie, *nicht mich,* hörte sie sich sagen. Verwirrung in seinem Gesicht, im Boot, darüber bis heute in ihrem Kopf. *Wenn ihr den See malt, erfahrt ihr mehr, wie es ist, der See zu sein,* erinnert sie sich an Professor Anilas Unterricht. Also holt sie aus dem Rucksack letztes Papier, Stifte, beginnt auf weißem Grund, der der Winter ist, ihr erstes Selbstporträt. Bei den Fischschuppen, wie sie im verrückten Haus um ihre Beine, setzt sie an. Die Federn an den Stellen, wo sie Erregung spürt, radiert sie aus. Zeigt, was dahinter liegt, unverdeckt. Aus einem Vogelkopf wird ein Menschengesicht. *Alois,* erschrickt sie, *nein, es ist Alice,* kein Zweifel. Von den Schultern ein Paar Flügel, eine zweite Figur mit Maske, mit der ersten verheddert. *Max, nein, Gregor,* ist sie sich sicher. Den Bleistift tauscht sie gegen einen roten Pinsel aus. Brustwarzen und Lippen malt sie an, küsst die Farbe im Körper. Diese Chimäre aus Fisch und Vogel, aus Alice und Gregor, *das bin ich.*

Im See wäscht er seine Hände, seine Füße, damit sie wieder ihm gehören. Er sich wehren kann. Um frei zu sein. Das Wasser wärmer als sonst im Herbst, taucht Gregor an diesem Abend tiefer ein als an den meisten Sommertagen. Farblos wirkt der See. Während er die Arme abwäscht, wird die Haut von Fingern bis Schultern gespenstisch weiß. Als er seine Zehen in den Sand gräbt, laufen die Beine dunkelgrau an, bis zu den Knien hoch, fast schwarz wie die Erde in den Gärten. Erschrocken rennt er aus dem See.

Gras, Blätter, erst die Nadeln am Boden bringen ihn zum Stehen. Wie der Ameisenhaufen, beim Warten auf Nächte, Schnee, verfällt Gregor in Starre. Bis er zittert wie als Kind, trotz der Kleidung nackt. Die Männer waren groß und schwer. Im Hals, in der Brust stockte seine Stimme, sein Atem. Er schließt die Augen. Mit seinem Umhang, weiß und schwarz, macht ihm das Kind Angst. Anders als die Männer geht es nicht weg, es blieb mit Gregor zurück oder kam ihm nach, vom Fluss an den See, mehr als 700 Kilometer weit.

Am Ufer steht Tera, sieht ihn nicht, als er auf sie zugeht. Unter seinen Sohlen Muscheln, hört er sie brechen. Dreht sich um, *war ich das,* bunte Splitter, ein bildloses Mosaik. *Sie waren schon tot,* flüstert sie hinter ihm, er mache, *was sonst Wasser und Wind tun mit der Zeit.* Vor einigen Monaten hatte sie auf dem Dach des Kollegs ihre und seine Haare fest ineinandergeflochten. Wie an dem Zopf wachsen sie beide jetzt an ihren Hinterköpfen zusammen. Als Tera sich setzt, sinkt auch Gregor nieder. Auf Federn zwischen seinen Füßen liegt eine Kastanie wie ein Ei in einem Nest.

Er reibt an seinen Handgelenken, wärmt sich auf. Dann seine Hände über Teras Schultern, über ihre Arme wie über harte Äste, über raue Rinde, stellenweise wund. *Es tut mir leid,* sagt er, *ich habe nicht aufgepasst, auf unser Kind.* Schwer lehnt sie sich an ihn, unter der Schwere beugt sich sein Rücken leicht. *Ich glaube, du konntest nicht besser aufpassen, Gregor, nicht auf unser Kind, nicht auf das Kind, das du warst.* Dieses Kind seiner Kindheit verfolge ihn wie ein Schreckgespenst, murmelt er. *Ich glaube, das Kind braucht dich, nimm es an die Hand, in den Arm.* Was sei mit ihrem gemeinsamen, dem, ihrem verlorenen. *Du warst trotzdem sein Vater.* Aber kein guter. *Oder der beste, Gregor, vielleicht konntest du ein anderer nicht sein.*

Wo das Licht, wo die Schatten sieht es bei Sonnenuntergang aus, als hingen Aprikosen, leuchtend orange, oder Pflaumen, dunkelviolett, in den Laubbäumen. Sie klettern einen Kastanienbaum hoch und haben die Farben im Gesicht, übrig vom Tag oder fast einem Jahr. Ob Tera nach dieser Zeit weggehe. Sie nickt, streckt eine Wange in die tiefe Sonne. *Über meine Verwandten, mich, heißt es, wir sind Ortlose. Als wäre es ein Naturgesetz, unser Naturell. Das glaube ich nicht mehr, es ist Ausschluss, es war Vertreibung.* Sie werde Plätze suchen, sich durchsetzen, *nicht gegen andere, sondern als Teil von ihnen. Auch für eure Pflanzen, sie brauchen wieder Orte außerhalb der Insel.* Aber wo. *Um den See, an Flüssen und am Meer, erst recht auch in der Stadt.*

Sie nimmt Gregors Hand, *es fällt mir schwer, dass ich auch erleichtert bin. Unser Kind ging ein Stück mit mir, nicht weiter. Das Stück war zu kurz, zu klein,* versuche sie sich in den Stimmen anderer einzureden. *Aber vielleicht war es genug für uns.* Ob es früher oder später anders, sie es hätte wissen müssen, frage sie sich. *Mir kommt vor, mit den Schuldgefühlen halte ich unser Kind auf Abstand. Näher fühle ich mich ihm ohne sie.* Seine Hand legt Tera jetzt auf ihren Bauch, schiebt sie auf ihre Brust. *Ich spüre es,* flüstert Gregor, *ich habe das Gefühl, dass es uns zusammenhält.* Wenn sie oder er irgendwann doch wieder ein Kind, *dieses Kind wird immer ein Geschwisterchen haben. – Versprich mir, Gregor, dass du dem Zweiten, wenn es groß ist, unser erstes Kleines vorstellst. – Das verspreche ich dir, es hat immer einen Platz,* auch draußen, außerhalb von ihm und ihr. *Du und ich, wir waren eine Insel, oder,* fragt er. *Oder waren wir ein Jahr,* schließt Tera.

Ihre Arme in den Ästen, klopfen Kastanien als Früchte auf den Boden. Sie sprechen leise, abgehackt, dann lauter, in einem Fluss. *Mit den Größenverhältnissen stimmt etwas nicht,* sagt er mit Blick auf das Wasser. *Verglichen mit dem Himmel ist der See sehr klein. Das Meer, eine Lache.* Ein Vergleich, fügt Tera hinzu, mache beides, jedes für sich leer. *Ein Schwall oder ein Tropfen, wäre beides gleich nichts. In der Luft gäbe es keinen Wind,* fährt Gregor fort. *Wir wären nicht traurig,* sie stutzt, *nicht fröhlich.* Dabei sei sie voll von diesen Gefühlen. *Nur wenn ich mich kleiner fühle, bin ich leer.* Kleiner als wer. *Als Eltern mit Kindern auf der Welt, als Mütter, die ihre Kinder nach Jahren erst verlieren.* Zu breit, um ihn mit seinen Händen, umfasst Gregor den Stamm der Kastanie mit seinen Armen. Tera verdoppelt die Umarmung. *In den Gärten vergleiche ich oft der Länge nach. Das hat etwas Trennendes.* Wie sein Freund Alois malte, was Professor Anila unterrichtet, beginne er langsam zu begreifen. Wenn er im Vergleich auch auf das Gleiche schaue, *dann steht nicht Pflanze gegen Pflanze.* Von hinten legt sie ihre Wange auf seine Schulter am Baumstamm, *glaubst du, traurig oder fröhlich sind wir unter Gleichen, eine Gemeinschaft.*

Laub am Boden, Laub an ihren Schuhen und Kleidern, in der Luft. Ein Ohr drückt Gregor auf die Erde, als wäre das Leben unten hörbar für ihn. Begraben zu sterben, ein Stück Musik. *Hörst du etwas,* fragt Tera. *Nein,* er steht auf. Sie nimmt ein Blatt von seiner Stirn, pfeift mit dem Wind, wie er auffliegt, grün, gelb, rot, und blau abfällt vorm Winter. Als Gregor seinen Kopf beugt, Teras Mund zu küssen, ist wieder ein Blatt zwischen ihnen. In seinem Kopf ein Bild, Alois. Zögerlich streift er es ab, inzwischen sind vor den Lippen ihre Finger.

Nebeneinander gehen sie zum See, um jede Kastanie im Laub, jedes verdeckte Nest einen Bogen. Am Ufer gräbt Tera einen Sprössling vom Café-Marron-Kraut aus. Wie einen Strauß hält sie es in ihrer Hand. *Ich nehme es mit, ich werde es begraben,* sie stockt, *eingraben.* Wen, was, er verstehe nicht, das Kraut, das Kind, *wie meinst du das.* Als hätte sie ihn überhört, *ich glaube, zwischen Bäumen mit Stämmen im Wasser wächst es gut. Es stirbt nicht aus. Du kannst es besuchen,* es sei kein Grab, *es hat ein Gesicht. Ich lege ein Bild dazu. Den Rest macht, was rundherum wächst.* Unterwegs werde sie die Wurzeln in den See, dann in den Fluss halten, *vielleicht vorher noch ins Meer.*

Im Boot sitzt schon Professor Anila. Andere Lehrer und Schüler bringen Gepäck. Tera setzt sich ihm gegenüber auf die Bank. Mit den Knien ans Holz gelehnt, schaut Gregor von einem Gesicht ins andere. *Bis zur Flussmündung reise ich mit Tera, dann habe ich einen anderen Weg,* erklärt der Lehrer. Dass sein Bruder, der Freund Max, nicht mehr, seine Mutter Mira nicht mehr lange lebt, habe er im Gefühl. *Ich ahne, dass es Wider-*

stand an ihrer, an jeder Stelle braucht. Die Erde, Feuerherde. *Wenn Einfalt verwüstet, wird Vielfalt leicht zum heiligen Bündel, zur Insel*. Zum Sammeln nach dem, was auch war, gehöre nach einer Zeit das Zerstreuen. *Besser als wir wissen das die Pflanzen*. Die Wellen, der Wind. *Mir war es lange nicht bewusst*. Sonst sei, spricht Tera weiter, ein Garten oder Archiv ein Selbstzweck, von jeder Seite angreifbar. Flüstert Gregor zu, *pass auf dich auf. Nicht stillstehen, das Auf und Ab, das Hin und Her lernt sich gut in einem Boot*. Er nickt, *auch auf Papier*, mit einem Stift in der Hand.

In der stockdunklen Nacht ist die Sonne tot zum Schein. Sie ist kalt, er ist verfroren. Im dunkelgrauen Sand, mit Muschelsplittern gespickt, sucht Gregor die Abdrücke, die Umrisse. Ein Körper oder zwei, drei Umarmungen. Schwer sinkt er in die Mulde, spürt, wo das rote Boot war, war Tera, war Alois, und war er selbst. Ein Vater, sein Kind. Als es in Strömen regnet, dann schneit, bleibt er, das Haar in nassen Strähnen, liegen. Als spazierte er mit seiner Mutter durch die Stadt.

10

Gregor

Im heißen Wind sind Laub und Blüten verwirrt. Nach einem Winter, der warm war, trocken, hängt Erde in der Luft. An den Hainbuchen, grün, braun, Vögel wie Papierfetzen weiß. Wer auf die Insel kommt, im roten Boot, dem folgt der späte Schnee. Ein Schneehase, erkennt er, wie der Hase Haken schlägt, sich in den Gärten vergräbt. Wer kommt, geht ohne Schuhe, einige Schritte, auf Kopf und Händen, wie verkehrt. Nachlaufen will Gregor, hinlaufen, läuft weg, die Stufen hinauf ins Kolleg. Hinter ihm, ihnen ist aus einer Umarmung unter Freunden, am Ufer und im Zelt, etwas, eine kleine Welt, auf leisen Sohlen verschwunden.

Alice

Einen Spalt lässt Gregor die Tür ins Kolleg, auch die nächste, die letzte in sein Zimmer offen. Schreibtisch, Kasten, Bett. Von ihren Kleidern, Haaren tropft und fließt Wasser auf den Holzboden. *Es tut mir leid,* sagt sie. Sie waren Freunde. Er ist wütend, kehrt ihr den Rücken zu. Vorm Kasten, *Alois,* fragt er, *brauchst du trockene Kleider.* Wolle, Leinen. *Alice,* laut, dann leise, *schon immer Alice,* antwortet sie. Während er sich streckt, nach Hemd, Hose, zieht sie sich hinter, dann weiter vor ihm aus. Unscheinbar kommt zwischen ihnen etwas Fremdes, etwas Vertrautes wieder zum Vorschein.

Finger zupfen am Stoff um seinen Körper, federleicht, schwer am Boden des Zimmers. Ihre Haut ist durchlässig an seiner Haut. Feuchte Flecken an Hals, im Nacken, tastet er sie ab, wärmt sie mit Händen, Wange, Schläfen. Seine Stirn zieht sie an ihre Stirn, hält sie zusammen, während sie sich drehen im Bett. Wasser bricht wie Eis, es knistert die Seide der Decken. Sie lachen. Er zeichnet, sie malt, oder umgekehrt, seine Lippen, ihre Zähne, schmeckt er ihren Körper, die Erde im Mund. *Wo warst du, Alice.* Sie streicht über seinen Hinterkopf, *im Fluss, natürlich im Fluss.*

Windstöße, sein Atmen, unter ihrer Brust seine Hände, hält er Alice in der Schwebe. Rauch in ihrer Luft. Schreie aus der Haut wie Knospen. Was für die große Welt zu groß, hat auf einmal Platz in einem Gesicht. Sie liebt ihn, seine Stirn. *Was liebst du an mir, Gregor,* sie denkt an ihre Brüste, die Brüste einer Frau. *Ich liebe dein Herz.*

Brot im Kleiderkasten zu horten hat sich Gregor angewöhnt. Für den Hunger nach Pflanzenvisiten zu jeder Stunde braucht er es. Wie Alice hat er auch die Angewohnheit, vorm Essen am Brot zu riechen, beim Geruch innezuhalten. Aus der grünen Serviette, *unsere Smaragdserviette,* flüstert sie, packt er einen Laib aus. Sie halten ihre Nasen darüber, ziehen die Luft ein. *Es riecht nach Rauch.* Das Brot, oder ihre Hände, ihre Haare. Sie drücken sie auf ihre Gesichter. *Verbrannt,* sie springen auf. Gegen das Fenster klopfen die Schmetterlinge, über ihre Nacht entpuppt. Von draußen drängen andere Insekten nach drinnen. Flügel schlagen gegen das Butzenglas. Er glaubt es zu hören. Ruft aus, *Feuer, siehst du es.*

Die Erde brennt bis zu den Wurzeln. Die Pflanzen, das Haus, die Insel im Rauch, in Aufruhr laufen sie mit den anderen ins Archiv, in die Gewächshäuser, zum See. In Körbe, unter die Arme packen sie Gläser mit Saaten und Bildern. Als Gregor über die Stufen, seine Beine stolpert, zieht Alice ihn auf. Sie hustet, hält die Serviette abwechselnd vor sein und ihr Gesicht. Gartenstücke im Feuer, brennen sie mehr wie Papier als wie Holz. Alice reibt sich die Augen. Vor rotem Grund sieht sie Bäume, die Stauden, Nester zur Hälfte schwarz, verkohlt. Ein Hase mit nur zwei Beinen, Vögel mit nur einem Flügel. Das letzte grüne Blatt, *das schönste Blatt,* oder eine Feder, hebt sie auf. Es glüht an ihrer Wange.

Feuer und Asche, bröckelt die harte Ufermauer aus Schilf. Im See die Sonne als leuchtendes Rad. Ein Spiegelbild, überlegt Gregor, schaut zum Himmel am Morgen. Nur Wolken. Die Sonne versinkt. Sie zerren die Boote ins Wasser. Nach den Körben, den Gläsern mit Pflanzen steigen sie selbst ein. Alice, zuletzt Gregor. *Was ist mit dem Rest,* fragt er. Welche Arten treiben wieder aus, verbrannt, welche nicht. Und die Bilder, gemalt, gezeichnet. *Was ist mit dem Regen.* Wann kommt er wieder, und die Sonne. Auf einer Welle ragt ein toter Frosch groß wie eine Skulptur aus dem See. Alice schüttelt den Kopf im Wind. Sie nimmt seine in ihre Hände, drückt an ihre dann wieder seine Stirn, *das Ende kenne ich nicht. Wir sind zu klein oder zu groß.*

Das bei der Produktion dieses Buches entstandene CO_2 wurde durch die Finanzierung von Klimaschutzprojekten kompensiert.

Die künstlerische Arbeit an diesem Roman wurde gefördert von:

Die Drucklegung dieses Buches wurde gefördert von:

ISBN 978-3-7013-1334-1

www.omvs.at
info@omvs.at

Otto Müller Verlag GmbH
Ernest-Thun-Straße 11
5020 Salzburg
Österreich

Lektorat: Christine Rechberger
Umschlagbild: Hommage an Goya von Odilon Redon,
© bpk/Nationalgalerie, SMB, Sammlung Scharf-Gerstenberg
Gestaltung: wir sind artisten
Autorinnenfoto: privat
Druck und Bindung: FINIDR s.r.o., Český Těšín